TRASPLANTE

JOHN REINHARD DIZON

Traducido por
ALEJANDRA SOLEDAD BUENO

CAPÍTULO UNO

CIUDAD DE NUEVA YORK (AP)- Anoche se descubrió uno de los episodios más horrendos de la historia de la ciudad al haber sido encontrada la supermodelo desaparecida Geri Lindsey arrastrándose por la calle cerca de la calle 137 y la Avenida Lenox. Dirigió a la policía a un apartamento en el sótano de una casa de piedra rojiza en la Avenida Lenox, donde había estado cautiva. La policía encontró a la superestrella de la NBA Jerome

Browne y a un hombre conocido como Combo intentando entrar en una habitación en la que estaban encerrados cuatro destacados médicos de Nueva York. Browne también había sido reportado desaparecido desde el 4 de julio.

A Lindsey le habían amputado la pierna izquierda a la altura de la cadera y a Browne le habían quitado el brazo izquierdo a la altura del hombro. El estado físico de Combo fue calificado como "indescriptible" por la policía. La policía rescató a cuatro mujeres con amputaciones, de las cuales cada una declaró que había sido secuestrada y que los cirujanos les habían cortado las extremidades. Una quinta mujer, Anita Brown, fue detenida como cómplice de los secuestros.

El Dr. Adam Rauch, el Dr. Noah Birnbaum, el Dr. Abe Javits y el Dr. Isaac Vadim, fueron arrestados y acusados de múltiples delitos federales y estatales, incluyendo secuestro, asesinato y violencia agravada. Los oficiales del FBI llegaron a la oficina del Fiscal del Distrito esta mañana para discutir los detalles del caso.

Los investigadores de la policía encontraron un quirófano improvisado en la bodega subterránea donde se encontraban los médicos en una sala de seguridad recubierta de acero. También había un almacén de carne donde se habían congelado decenas de torsos, extremidades y otras partes del cuerpo. Un detective lo calificó como "la instalación médica del infierno".

Los funcionarios del Hospital Bellevue se negaron a comentar sobre el incidente. El director Jacob Horowitz expresó su simpatía y preocupación por las víctimas y aseguró que la comunidad médica del centro seguía estando disponible para

apoyar a todos los afectados por la tragedia.

El país entero y el resto del mundo se concentraron en la Gran Manzana mientras el presidente estadounidense emitía un comunicado en el que declaraba que "estos jóvenes y sus familias no serán abandonados en este momento de horror y dolor". Instó a la comunidad médica y a las naciones del mundo a que dieran un paso adelante ofreciendo los recursos tecnológicos que pudieran para devolver una calidad de vida aceptable a las víctimas. Investigadores japoneses se pusieron en contacto con Bellevue y comunicaron al Dr. Horowitz, de Prótesis Robóticas, que habían desarrollado lo que podía controlarse en parte mediante ondas cerebrales e impulsos nerviosos. Varios pacientes con enfermedades terminales se ofrecieron a donar extremidades a las víctimas, y muchos dijeron que "los psicópatas deberían poder coserlos, así como los cortaron".

El jefe de policía Joel Madden y el capitán Ty Willard se reunieron con el detective de homicidios Tommy Jackson y su compañero, Orrin Rampersad, poco después de que se emitiera la rueda de prensa de la Casa Blanca. La policía de Nueva York se enfrentaba de nuevo a una epidemia de crack en Harlem, y había estallado otra guerra entre la pandilla de la calle 137 y la MS-13 salvadoreña, junto con elementos del cártel colombiano. Era un momento inoportuno para la Brigada Antidrogas y presionaban al capitán Willard para que concluyera la investigación a toda prisa, ya que intentaban evitar una guerra por drogas en las calles sin distracciones indebidas.

"Señores, este es uno de los mayores escándalos que ha sacudido a la comunidad médica en más de una década", dijo al comenzar la reunión el teniente Dwight Shreve. "Los médicos detenidos son cirujanos de trasplante de renombre mundial y expertos en extremidades robóticas. La Fiscalía está segura de que, si salen bajo fianza, no tendrán más remedio que pedir asilo en el extranjero para evitar un error judicial. Es una situación sin salida. Si los mantenemos muy herméticos, automáticamente predisponemos al jurado. Si no podemos solucionar esto del Dr. Cyclops, los médicos llevan todas las de perder. La ciudad de Nueva York pierde a cuatro de sus mejores cirujanos y la comunidad médica queda en evidencia".

"¿Qué es todo esto del Dr. Cyclops?" preguntó Jackson. Tommy Jackson era un hombre con cuatro años de experiencia que se había catapultado a las filas de los detectives con un trabajo sobresaliente en seis grandes casos de drogas. Se trasladó a Homicidios para tener la oportunidad de conseguir su séptimo gran caso con mucho menos riesgo. "Suena como una coartada de mierda que esos charlatanes están inventando. ¿Me estás diciendo que no tenemos más evidencias?"

"Te diré algo, el doctor Cyclops es lo único que hace que esto no se convierta en una gran tormenta de mierda", dijo el capitán Willard. Era un afroamericano de descendencia keniana con la piel negra como la brea. Conocido como un metódico tradicionalista , usaba su uniforme para trabajar, a diferencia del jefe Madden, que vestía con elegantes trajes de diseño. "Me parece que cuatro genios de la medicina podrían inventar una coartada mejor que esa. Todo el asunto suena tan ridículo, *para* ser verdad. Se jugarán la vida en el juicio".

"Es como dijo una vez Adolfo Hitler, cuanto más grande sea la mentira, más probable es que la gente la tome como cierta", indicó Orrin Rampersad. Era un moreno antillano que también se había trasladado desde Antidrogas y formaba pareja con el gélido Jackson. "Aunque él no exista, el testimonio de los médicos llevará a algunas personas a creer lo contrario. En un juicio por asesinato, solo tienen que convencer a un miembro del jurado".

"Ese es su trabajo, chicos", dijo el jefe Madden, un elegante mulato de ojos avellana. "Necesitaremos que averigüen si en realidad hay un Dr. Cyclops y, si lo hay, que lo traigan. Si no existe tal persona, el fiscal tiene un golpe seguro. Si lo cazan y lo fichan, los médicos volverán a trabajar en Bellevue la semana que viene".

"¿Por dónde empezamos?", preguntó Jackson.

"Queremos que entrevisten a los médicos, para ver si pueden encontrar consistencia y agujeros en sus historias, y luego salgan a hacer el trabajo de campo", les instruyó Shreve. "Serán procesados esta mañana, y lo más probable es que permanezcan en el MCC[1] hasta que comience el juicio. Ustedes podrán entrevistarlos allí, y luego tendrán el resto de la semana para localizar a Cyclops".

"Entonces, ¿con quién quieres empezar, Rauch?" Jackson encendió un cigarrillo mientras se introducía en el garaje subterráneo del Rampersad's Le Mans, donde habían aparcado.

"Me parece bien." Orrin estaba evasivo mientras aceleraba el motor. "Puede que haya querido dejar lo mejor para el final. Ese tipo Birnbaum me parece el más blando. Creo que él sería el que tiene la historia más débil".

"Bien, entonces hablaremos con Birnbaum." Tommy echó un poco de humo por la ventana abierta. "¿Qué posibilidades crees que tiene la liga de dejar jugar a Browne con ese brazo?"

"¿Te imaginas?", cacareó Orrin. "Al diablo con Browne, yo intentaría fichar a ese tipo, Combo. Sería como jugar al baloncesto contra Darth Vader".

"Sabes, encerrar a estos tipos va a ser como tirar la

fórmula de la cura del cáncer a la basura y quemarla". Tommy observó cómo se dirigían por la calle Centre hacia Park Row. "¿Te imaginas a la gente con esos miembros robóticos allá afuera? Están convirtiendo a los fenómenos en el Hombre de los Seis Millones de Dólares. Esos dos tipos estaban atravesando una puerta de acero cuando apareció la policía. Increíble. Piensa en las aplicaciones militares. Nuestros chicos son llevados al campo de batalla en Afganistán, y regresan con fuerza cibernética. No hay forma de encerrar a estos tipos y tirar la llave".

"Creo que te encuentras con el mismo número de problemas". Orrin se saltó un semáforo al girar en Park Row, provocando una cacofonía de bocinas de coches por su esfuerzo. "Es como esos monstruos de los esteroides; tu cuerpo crece, pero tus ligamentos no. Con el tiempo, se desgarran y se rompen por toda la tensión antinatural. ¿Te imaginas a Browne metiendo una canasta y que su brazo robótico siga colgando del aro cuando él baje?".

Los detectives compartieron una carcajada mientras llegaban al MCC^2 en el 150 de Park Row. Orrin mostró sus credenciales y aparcaron el coche en el aparcamiento de los empleados, luego ingresaron a las instalaciones e hicieron los arreglos necesarios para que Noah Birnbaum fuera llevado a una pequeña sala de entrevistas.

Birnbaum medía alrededor de 1,70 metros y pesaba 135 libras. Llevaba el pelo rizado y castaño bien recortado y tenía una cara de niño entristecido por el hecho de estar en un aprieto como este. Se alegró de tener visitas a las que poder profesar su inocencia, aunque temía que lo volvieran a poner en aprietos cuando supo que eran detectives. Permaneció afable mientras Tommy y Orrin se presentaban, explicando que les habían asignado el caso y que estaban tratando de obtener algunos detalles de los antecedentes.

"Los cuatro éramos amigos de la infancia. Nacimos y crecimos juntos en Brooklyn Heights", explicó Noah mientras tomaba una taza de café después de que los detectives encendieran su grabadora y se sentaran a la mesa de la habitación pintada de verde. "Ya sabes que las familias judías siempre quieren que sus hijos crezcan para ser médicos o abogados. Pues bien, todos decidimos ser médicos, y eso es lo único de lo que hablábamos. Todos nuestros juegos se centraban en el campo de la medicina. O bien éramos paramédicos, rescatando a la gente de edificios en llamas, o médicos, realizando cirugías cerebrales o cardíacas, o estábamos en alguna selva, salvando a la gente de los caníbales o de las bandas de narcotraficantes".

"Sí, jugábamos a policías y ladrones y yo era el único que quería ser policía." Los ojos azul hielo de Tommy se iluminaron. "Continúa".

"Éramos un equipo increíble", recuerda Noah. "Estudiábamos juntos. Era como un juego para ver si todos podíamos volver a casa con sobresalientes en nuestros boletines de notas. Nos centrábamos especialmente en las matemáticas y las ciencias porque sabíamos que iban a ser nuestros billetes de comida. Nos dedicamos a la informática cuando los demás niños se pasaban la X-Box. Empezamos a pedir esos cursos de medicina por Internet y, cuando nos matriculamos en la Universidad de Nueva York, ya estábamos estudiando el material de segundo año por nuestra cuenta. Empezamos a dispersarnos en diferentes direcciones para que, juntos, tuviéramos los conocimientos combinados para convertirnos en pioneros en el campo de la medicina. Mi interés se centraba en la neurocirugía. Adam se dedicó a la investigación de extremidades artificiales. Abe se dedicó a la cirugía de los nervios e Isaac se especializó en cirugía plástica. Pensamos que, si uníamos nuestros conocimientos y habilidades, algún día podríamos ayudar a restaurar las extremidades y los órganos internos de la gente".

"Entonces, ¿tuvieron éxito?", preguntó Orrin.

"Había una mujer, Walterine Shabazz. Sufría un gran deterioro de sus órganos como efecto secundario de su lucha contra el cáncer de pulmón. Era como una de esas mujeres que se ven en los anuncios antitabaco. Respondió positivamente al tratamiento y tendría que decir que le salvamos la vida".

"¿No podría haber recibido un mejor tratamiento en Bellevue?"

"No del tipo que le dimos. Ella no podía costeárselo, y el sistema no podía proporcionárselo. Muchos de los recursos fueron pagados con nuestro propio bolsillo. Además, había un montón de procedimientos experimentales que el hospital nunca habría autorizado".

"¿Como cuál?", Tommy frunció el ceño. "¿Ponerle un brazo robótico a Jerome Browne?"

"Nadie podría entender lo que pasó, cómo empezó todo, cómo se resolvió todo", Noah bajó los ojos con desánimo.

"Danos una oportunidad", se encogió Orrin. "Tenemos tiempo, y tú también."

"Vale", cedió Noah. "Supongo que sí".

Noah recordó las vacaciones de Navidad del año pasado, justo después de la graduación y el comienzo de sus prácticas en el Hospital Bellevue. Los cuatro habían ido a Lillie's Union Square, un bar y restaurante de temática victoriana no muy lejos del hospital. El público estaba inmerso en el espíritu navideño y los amigos disfrutaban del jolgorio. Se sentían algo cohibidos al pedir bebidas sin alcohol, pero se consolaban con el hecho de que les cobraban casi lo mismo que se paga por una cerveza barata.

"Bueno, por el éxito", dijo Adam filosóficamente mientras todos levantaban sus copas. "Nos hemos pasado toda la vida intentando encontrar esta puerta, y ya estamos aquí. Hemos llamado y nos han dejado entrar.".

"El viaje ha comenzado", señaló Abe, un hombre de aspecto achaparrado y pelo negro prematuramente grisáceo. "Hemos pasado tanto tiempo ubicados en el hospital que no hemos tenido una reunión de equipo decente en semanas. Y ahora con estas festividades *¡que pena!*".

"*¿Que pena?*", le reprochó Isaac, un hombre alto y atlético con un grueso pelo negro rizado. "*¿Que pena?* No solo te pareces a tu padre, sino que ahora empiezas a sonar como él. Si sigues así, los no *judíos* te tacharán de sus listas de Navidad por respeto a tus creencias".

"Eso sería terrible", se burló Abe. "Eso significa que no podré cambiar una corbata fea por un par de calcetines y ropa interior".

"Bueno, puede que el resto de ustedes hayan tenido su tiempo comprometido con sus familias y sus obligaciones, pero los solteros hemos podido dedicar nuestro tiempo de calidad a cosas menos importantes". Adam era el único que tenía whisky en su vaso. "Por fin he hecho un avance en el Proyecto X"

"¿Cómo que un avance?", Isaac le miró fijamente.

"Supongo que tendrás que venir a la casa para averiguarlo". Sonrió Adam misteriosamente.

"Creí que habíamos acordado que íbamos a dejar eso". Abe entrecerró los ojos. "¿No repasamos todas las ramificaciones espirituales con el rabino? Siempre acordamos que nunca haríamos nada que violara los principios del Talmud".

"Yo no estaba de acuerdo con nada, los demás sí", señaló Adam. "La ciencia y la religión siempre han estado enfrentadas. Ya hemos hablado de esto una y otra vez. Si querías estar en terreno religioso, deberías haber ido a la Yeshiva. Además, ¿el Talmud no trata del bien de la humanidad? De acuerdo, supongamos que causamos algún dolor a algunos animales, o que nos arriesgamos en la línea y nos quedamos cortos en alguna parte. Estamos buscando el resultado a largo plazo, amigos míos, un futuro en el que nadie muera o viva una vida estéril por la pérdida de una extremidad o un órgano. Nada en la vida se consigue sin dolor o sin pérdidas, al menos nada que merezca la pena".

"Nunca olvidaré la mirada de aquel conejo que salió de la anestesia intentando morderse la pata por el dolor". Isaac miró fijamente la parte superior de la barra. "Eso no es ciencia. Eso es el Dr. Mengele en Auschwitz".

"Ya he pasado por eso", respondió Adam. "¿Por qué no tomamos un taxi hasta mi casa y vemos en dónde estoy ahora?"

Los amigos terminaron obedientemente sus bebidas y se abrieron paso entre la multitud, saliendo a la acera cubierta de nieve y llamando a un taxi. Cada uno de ellos tenía pensamientos encontrados sobre el hecho de que Adam hubiera seguido trabajando por su cuenta. Era el más entusiasta del proyecto, aunque Isaac sería el último en dar por terminada la empresa conjunta, por la razón que fuera. Isaac había sido llamado para realizar cirugía reparadora en algunas de las víctimas de quemaduras más lamentables que uno pudiera imaginar. Se estaba avanzando poco en la ayuda a estas personas más allá de lo horrible y terrible, y cualquier cosa extra que pudiera aportar al campo era algo bueno.

De los cuatro, Abe era el más estable pero el más cauto a la hora de seguir el camino que habían elegido. A los treinta años, era el mayor del grupo y tenía una esposa y cuatro hijos que alimentar. Como cirujano de nervios periféricos, disponía de los equipos más modernos y de la información más reciente sobre investigación y desarrollo. Aunque no era más que un internista, no preveía ningún retraso indebido para ascender rápidamente en el escalafón y convertirse en un líder en su campo. Vio a muchos médicos titulares que se mostraban indecisos y tímidos en la mesa, asustados ante la perspectiva de hacer mucho o demasiado poco y ser objeto de una demanda por negligencia que destruyera su carrera. Aunque no era un incendiario ni mucho menos, su padre siempre le enseñó que la procrastinación y la indecisión eran dos de los pecados más mortales. Independientemente de si estaba bien o mal, uno siempre se comprometía a la hora de decidir. Abe Javits no tenía ningún problema en mantener sus decisiones, y solo esperaba que seguir con sus amigos en esta empresa no fuera una mala jugada.

El eslabón débil de la cadena era el propio Noah. Era todo lo contrario a Abe en cuanto a vacilación e inseguridad, y dependía del apoyo de sus amigos para salir adelante en los momentos difíciles. Sin embargo, era considerado por ellos como el más competente técnicamente al ser capaz de interpretar nuevas teorías e ideas y aplicarlas en el campo. A menudo le llevaban artículos de revistas médicas para que los interpretara. Podía leer entre líneas y darles la visión que necesitaban para resolver una situación que estaban tratando en el hospital.

Llegaron a la casa de piedra rojiza de Adam, situada en Grace Court y con vistas al paseo marítimo de Brooklyn Heights, que su padre había comprado a lo largo de toda su vida y que valía millones en la espiral del mercado actual. Adam padre había remodelado por completo la casa y había convertido la planta baja en el sueño de un agente inmobiliario, al tiempo que había convertido la segunda planta en un apartamento para Adam y reservado la tercera para él y su esposa. Tras su muerte, Adam mantuvo la planta superior en forma de palacio, mientras convertía el sótano en un laboratorio de investigación. Los cuatro amigos se reunían allí para trabajar en sus proyectos conjuntos, pero no se habían reunido desde septiembre, al comenzar sus prácticas en Bellevue.

"¡Mm-wwoo-ahhhahahahah!" Isaac puso su mejor acento de Bela Lugosi cuando entraron por la puerta del sótano bajo la escalera superior. "¡Bienvenidos al laboratorio Rauch!"

"¿Dónde está Igor?", Abe trató de parecer desenfadado. "Deberías despedirlo. Esto huele a cueva".

"Vamos, chicos, bajen la voz", insistió Adam. "Mi madre tiene orejas de murciélago"

"Quizá se convirtió en uno y empezó a merodear por aquí abajo", bromeó Abe, recibiendo un ligero codazo en las costillas de Adam. "Oye, cuidado, todavía puedo patear tu trasero".

"En tus sueños, viejo". Adam encendió la luz fluorescente, revelando la zona de investigación, sorprendentemente espaciosa, repleta con dos mesas de disección de aluminio, estanterías llenas de productos químicos y cubiletes, frascos y numerosos accesorios. Había una estantería repleta de libros de medicina junto a una estación de trabajo con dos ordenadores. A lo largo de la pared del fondo había jaulas reservadas para los animales de laboratorio, aunque solo una parecía estar ocupada en ese momento. "Vamos, chicos, denle un vistazo".

Los tres se acercaron a la jaula y se asomaron al animal dormido. Vieron a un conejo durmiendo en un nido de papel periódico triturado, y al inspeccionarlo vieron lo que parecían ser dos patas traseras negras bajo su vientre blanco como la nieve.

"Dios mío, Adam", Isaac sacudió la cabeza. "Nunca te rindes, ¿verdad?"

"Está en buena forma después de dos semanas", dijo Adam con orgullo. "El cuerpo no rechaza las extremidades y no muestra signos de malestar. Las extremidades no son funcionales, pero de nuevo, no tenía a Abe aquí para hacer la cirugía de los nervios".

"Entonces, ¿qué prueba esto?" Preguntó Abe. "¿Se pueden volver a poner piernas a alguien, aunque no funcionen? Creo que la mayoría de los amputados que vuelven de Afganistán preferirían tener las mecánicas. Al menos pueden correr con ellas".

"Mira detrás de ti", sugirió Adam.

Los tres hombres se volvieron y vieron a un gato negro que se acercaba a trompicones a saludarles. Tenía una notable cojera en las patas traseras, ambas blancas desde las articulaciones hasta la punta. Se acercó y comenzó a frotarse cariñosamente contra ellos.

"Mierda". Abe se dejó caer sobre sus ancas y comenzó a inspeccionar al gato. Pudo palpar las incisiones quirúrgicas donde estaban unidas las patas traseras, pero no pudo discernir ninguna anomalía. Si no fuera por el color, la operación habría parecido un esfuerzo exitoso por haber vuelto a unir dos extremidades cortadas. "¿Lo has hecho todo tú solo?"

"No podría haberlo hecho sin ustedes", sonrió

Adam con orgullo. "Señores, veo esto como una luz verde del Todopoderoso. No hay ninguna razón en la tierra para que esto no continúe. Estamos a punto de lograr algunos de los avances más revolucionarios de la historia de la medicina."

"De acuerdo, todavía estoy dentro", consintió Isaac mientras él y Noah se arrodillaban para inspeccionar el gato ellos mismos. "Vamos a pasar el Hanukkah para no estar fuera de casa al atardecer. Incluso el hospital está haciendo esa concesión".

"Oye, sé que tú y Abe tienen familia, pero al menos Noah puede venir a ayudar. ¿Te parece bien, Noah?"

"Claro", dijo Noah encogiéndose de hombros.

"Ahora que hemos doblado la esquina, necesitamos encontrar un nuevo lugar de trabajo", insistió Adam. "Un lugar donde podamos interactuar con la comunidad y aplicar nuestros conocimientos en la prestación de servicios. Piensa en ello como si fueras una unidad MASH, improvisando y adaptándote mientras realizas una cirugía de albóndigas".

"Espera", dijo Isaac con una mueca. "¿Estás hablando de trabajar sin licencia fuera de un centro autorizado? Si nos pillan, no volveremos a ejercer la medicina".

"Todo lo que pido es que me escuches", insistió Adam.

Se retiraron a la zona de descanso que había

habilitado y que se asemejaba a la sala de espera de una consulta médica, y se sentaron a escuchar la presentación de Adam. Debatieron hasta bien entrada la noche, y finalmente acordaron seguir persiguiendo un sueño de toda la vida que acabaría convirtiéndose en una pesadilla demoníaca.

---

1. Centro Correccional Metropolitano
2. Centro Correccional Metropolitano

CAPÍTULO DOS

"¿Te crees esa mierda?"

"Te diré una cosa, el jurado se lo va a tragar completito", contestó Tommy Jackson mientras los dos detectives abandonaban el MCC esa tarde.

Se dirigieron a Manitoba's, en el Lower East Side, un club de rock con temática punk que ambos frecuentaban en su tiempo libre. Al igual que los compañeros de trabajo en todas las industrias, los compañeros trataron de encontrar algo en común, a pesar de sus diferencias culturales, sobre el cual establecer una conexión. El rock and roll funcionaba para ambos.

Pidieron una cerveza de barril y se sentaron en el bar, que estaba casi desierto, salvo por un par de universitarios y unos pocos lugareños que se detenían antes de que empezaran a aparecer los chicos modernos. A Tommy le apetecía un cigarrillo, pero no le apetecía quedarse parado como un loco de la nicotina que se entrega a su hábito. Recordó los días en que su padre (quien murió de cáncer de pulmón) podía encender un cigarrillo en el bar antes de que toda la basura ecológica de los yuppies se convirtiera en ley.

"Defenderse individualmente va a ser su mejor jugada", señaló Orrin mientras daba un sorbo a su cerveza negra Moose Drool. "Cuando el jurado vea a ese pobre imbécil con cara de tonto, se dará cuenta de que lo han engañado. Querrán culpar a uno de los otros, y ahora mismo apuesto por Rauch. Oíste a Birnbaum, todo comenzó en el laboratorio del sótano de Rauch. El fiscal va a pintar a Rauch como el Barón Frankenstein".

"Sí, y Birnbaum será quien abra el agujero para los demás". Tommy contempló el trasero de una de las universitarias. "Sus abogados judíos se centrarán en cualquier cosa que funcione para sacar a Birnbaum del atolladero, y tratarán de llegar a un acuerdo en la apelación. Ahora mismo, parece que el público está dividido por el medio. La mayoría de las minorías y los liberales quieren verlos colgados. Muchas otras personas se creen la mierda del Dr. Cyclops".

"No te lo crees". Orrin le miró.

"Vamos, Rampersad", dijo Tommy con una mueca. "¿Un médico loco los entrena para realizar todos esos extraños experimentos, pero es él quien realmente interviene y hace el trabajo sucio? Ese es un niño parado junto a un frasco roto, con migajas por todos lados, diciendo que el Monstruo de las Galletas lo hizo"

"Entonces, ¿cómo es que cuatro nerds de Brooklyn Heights convencen a Jerome Browne y Geri Lindsay para que vengan a su sótano de piedra rojiza en East Harlem a cambiar piezas?", insistió Orrin. "Estamos hablando de una superestrella de la NBA y de una modelo internacional, diferentes como la noche y el día. Ambos dijeron que fueron atraídos a un lugar de encuentro, luego fueron drogados y secuestrados. Ninguno de los dos entra en detalles sobre con quién se reunió y por qué motivo; se trata de amigos de amigos. Los dos sabemos que son drogas, pero ¿cómo se involucran esos cuatro idiotas con las drogas?"

"Por eso eligieron East Harlem", intuyó Tommy. "Tontos o no, tienen que saber que el dinero habla y la mierda camina con los drogadictos. Allí empiezan a mostrar su dinero disponible y provocan a muchos negros, así como adictos que harán cualquier cosa que les pidan por su próxima dosis. Mientras no interfieran en los negocios de nadie, los traficantes no prestarán atención. Especialmente si los doctores están comprando caramelos para la nariz para mantener a sus matones satisfechos".

"Esto es demasiado grande, amigo", declaró Orrin

sacudiendo la cabeza. "¿Cómo espera el jefe Madden que nos involucremos con algo así?".

"Yo digo que vayamos desde arriba hacia abajo. Todavía tenemos que entrevistar a los otros tres médicos, luego hablamos con Patch y Combo. Una vez que tengamos suficientes antecedentes, podemos visitar a Browne y Lindsay. Creo que para entonces tendremos suficiente para salir y hacer algunos arrestos. Si logramos la conexión con las drogas, deberíamos tener suficiente para hacer o deshacer el ángulo del Dr. Cyclops".

"Apuesto diez dólares a que hay un Dr. Cyclops que resultará ser uno de sus mentores del instituto o de la universidad, y que fue el que los entrenó por ese camino", le retó Orrin.

"¡Así es!" Tommy le dedicó una sonrisa torcida mientras daba un trago a su Guinness. "El único monstruo tuerto que mirarán cuando esta investigación termine es mi pito. Vamos pues a cenar y luego a hablar con Abe Javits".

~

Después coincidirían en que Javits parecía una versión juvenil de Ed Asner. Era un hombre bajo y fornido con el comportamiento resignado de alguien que ha aceptado su destino como una conclusión previsible. Al principio estaba taciturno, seguro de que los detectives iban a intentar engañarle para que dijera algo que pudieran utilizar en su contra en el juicio. Solo cuando le convencieron de que solo estaban continuando lo que Birnbaum había dejado, se relajó un poco.

"Así que, eso debe haberlos asustado". Tommy hizo traer café para los tres. "Ver a un conejo y a un gato caminando con piernas trasplantadas. Tuvo que ser aún más alucinante para ti, siendo médico. Sabiendo tanto como sabes de esas cosas, te impresionaría aún más que a un tipo de la calle, que pensaría que es un avance científico más".

"Bueno, nadie pensó ni por un minuto que iba a funcionar con los seres humanos". Javits se pasó las manos por su pelo ralo y canoso. "Había que hacer demasiadas pruebas. Sabíamos lo mucho que Adam quería que funcionara, y pensamos que podría haber pasado por alto algunos de sus diagnósticos postoperatorios. Aun así, todos levantamos al gato y revisamos sus dedos de los pies, y creo que probablemente todos le dimos un pequeño pellizco en los muslos para ver si sentía algo. Era demasiado bueno para ser verdad.

"Tuvo que haber un fallo en alguna parte, y no tuvimos más remedio que continuar donde lo habíamos dejado. Fue una progresión increíble más allá de donde esperábamos estar en ese momento. Aun así, teníamos mucho trabajo por delante, todos lo sabíamos. Cuando nos habló de la casa de piedra rojiza, lo primero que nos preocupó a todos fue la inversión, el tiempo y el dinero. Nos dijo que costaría unos 200 dólares al mes para cada uno, y no estábamos muy contentos con eso. Lo peor era tener que conducir hasta ese gueto un par de veces a la semana para ponerse a trabajar".

"Cuéntanos cómo fue cuando conociste tu nuevo entorno de trabajo", inquirió Orrin. "¿Qué te pareció Harlem después de haber pasado la mayor parte de tu vida entre Brooklyn Heights y Greenwich Village?"

"Como la mierda, mi amigo", Javits lo miró fijamente. "Una mierda".

El recordó el viaje en taxi a la calle 137 Este y la avenida Lenox con sus tres amigos poco después del Día del Trabajo del año pasado. Era el final de la tarde y acababan de salir del turno de día. Adam lo había planeado de manera que pudieran ver el lugar, salir a cenar y después tomar una decisión. Llamó al propietario del edificio con antelación y le pagó al taxista para que les esperara, de modo que no parecieran un blanco fácil para los ladrones cuando volvieran a salir.

A pesar de lo que proclamaba la alcaldía respecto a la exitosa campaña de la ciudad para recuperar East Harlem y renovar el barrio, los signos de la ruina eran visibles por todas partes. Todas las tiendas estaban cerradas y los mostradores estaban protegidos por plexiglás en su interior. Los edificios estaban garabateados con grafitis que servían para delimitar el territorio de las bandas. La gente de la calle empujaba carritos llenos de objetos personales por la acera, codeándose con los adictos que corrían de un lado a otro, tratando de conseguir cambio para su próxima dosis. Los miembros y afiliados de las bandas se paseaban por la calle, y el coche negro último modelo aparcado delante del taxi despertaba su interés.

Stu Shapiro se bajó del coche negro y salió al encuentro de los recelosos médicos cuando salieron del taxi. Intercambiaron saludos antes de que Shapiro los condujera al interior del edificio con paredes de acero, y luego los llevó por el estrecho pasillo de la planta baja, donde les mostró la zona trasera.

"Ves, aquí está el montacargas del que te hablé". Shapiro levantó la puerta corrediza de madera de la pared del fondo. Era un hombre alto, rubio y de carácter afable. "Es algo antiguo pero, como hemos hablado, si quieres usarlo o remodelarlo, por mí está bien. Si quieres ampliarlo, modificarlo, convertirlo en un ascensor, o simplemente retocarlo para poder subir y bajar cosas, hazlo. Solo asegúrate de que cualquier cableado se lleve a tu contador para que no me cobren, ¿de acuerdo?"

Desbloqueó la puerta de acero que conducía a la zona del sótano y encendió la luz para guiarles por los estrechos escalones. Bajaron y no les impresionó demasiado el trabajo descuidado en mosaico y paneles en una zona que, por lo demás, era muy espaciosa. La zona tenía unos 60'x30' con un tabique de mala calidad que creaba una antesala a lo largo del lado este. El lugar olía a moho y a yeso fresco, junto con una pizca de insecticida.

"Como he dicho, esto es más de lo que puedo manejar, así que cualquier remodelación que quieras hacer, hazla. Tengo que dejarlo así. Las tuberías han sido revisadas con PVC, pero el cobre original sigue en las paredes. Esta es una de las razones por las que tenemos que mantener las puertas cerradas, porque ha habido incidentes de robos por parte de personas que intentan arrancar las tuberías de cobre. Comprueba siempre la puerta principal cuando entres o salgas. La puerta aquí es sólida. Hay más posibilidades de hacer un hueco en la escalera para entrar aquí antes que entrar por esa puerta".

"De acuerdo, déjame reunirme con mis compañeros aquí, y te llamaré a primera hora de la mañana". Se estrecharon las manos una vez más.

"Sabes, cuando un médico te dice que te va a llamar a primera hora de la mañana, no suele ser demasiado bueno". Shapiro fingió exasperación antes de reírse y acariciar ligeramente el hombro de Adam. "No, tómate tu tiempo. Como te dije, acabo de adquirir este lugar y me he gastado un dineral arreglándolo. Ya tengo alquilado el último piso a un tipo del teatro. Estoy tratando de conseguir gente profesional aquí. Alquilaré el tercer piso después, luego el segundo, luego este piso. Todo lleva su tiempo. Ya sabes cómo es. Pero si quieres intentarlo, vendré con el papeleo y las llaves; solo llámame".

Cuando salieron, se sorprendieron al ver un coche de policía aparcado en doble fila junto al Cadillac de Shapiro.

"Esos tipos son de la comisaría 25", explicó Shapiro mientras acompañaba a los médicos a su taxi. "Son muy buenos allí. Harán un recorrido si los llamas. Solo que no hay que exagerar, ya sabes lo que quiero decir".

Shapiro se acercó a charlar con los policías mientras los médicos observaban el desolado terreno. El taxista empezó a quejarse con Adam, que sacó otro billete de su cartera y lo pasó por la ventanilla del coche.

"Entonces, ¿qué les parece?", les preguntó Adam.

"Creo que eres *meshugenah*". Abe se golpeó la sien. "Si mi mujer me pregunta dónde voy a estar, le diré que coja un taxi hasta la 137 con Lenox y que siga a los buitres".

"Oye, *tú eres* el único buitre de Nueva York", le espetó Adam. "Mira, si nos acercamos a algunas personas de la comunidad y conseguimos que algunas personas vigilen el lugar, será perfecto. Si nos ven entrar y salir con los animales de laboratorio, diremos que estamos cuidando mascotas o algo así. Nadie de los Heights o del pueblo tendrá idea de que estamos aquí arriba. El piso de abajo tiene mucho espacio, así que, si gastamos un par de dólares y lo arreglamos, podemos convertirlo en un lugar de trabajo decente. ¿Qué dices?"

"Hey, amigos, ¿tienen un dólar para que pueda comer algo?"

Como el destino lo quiso, fue entonces cuando Patch entró en sus vidas.

La mujer negra medía un metro y medio, se parecía a Whoopi Goldberg y tenía el pelo trenzado y enmarañado. Llevaba un parche en el ojo izquierdo y su piel estaba cubierta de llagas.

"¿Vives por aquí?", preguntó Adam.

"Claro que sí, justo ahí arriba", contestó ella. "Dime, ¿eres de la ciudad?"

"No señora, podríamos ser los nuevos inquilinos aquí. Soy Adam, y estos son mis amigos".

"Bueno, soy Walterine. La gente de aquí me llama Patch, por esto, ya sabes".

"Bien, Patch. Somos bastante nuevos por aquí y esperábamos conocer a alguien que pudiera ayudarnos a conocer el barrio. Tal vez incluso vigilar el edificio por nosotros mientras estamos fuera. ¿Conoces a alguien por aquí que pueda echarnos una mano?"

"Oh, conozco a todo el mundo por aquí". Parecía entusiasmada. "Estoy por aquí todo el tiempo. Soy la persona con la que debes hablar. Ustedes saben que no me molesta".

"Te diré algo, Patch". Adam sacó un billete de cinco dólares de su cartera, lo que hizo que sus ojos sanguinolentos se ensancharan. "Si decidimos mudarnos, puedo tener una oportunidad para ti.

¿Considerarías quedarte aquí por la noche por, digamos, veinte dólares a la semana? Tendrías que permanecer encerrada durante unas ocho horas más o menos, pero habrá un sanitario disponible, un lugar para dormir, y comida y agua. Además de calefacción en invierno".

"Entonces, me vas a encerrar, como en el refugio".

"Sí, pero tendrás el lugar para ti. Con el tiempo, será más agradable una vez que traigamos algunos muebles, como un televisor y demás".

"Oye, lo intento, ¿por qué no?"

"Bien". Adam estrechó su mano mugrienta. "Nos encontraremos aquí mañana a esta hora, y haremos los arreglos".

Sus tres amigos se llenaron de dudas mientras se dirigían a Starbucks, cerca de la Universidad de Nueva York, para expresar sus sentimientos. Cuando llegaron a la cafetería, Abe era el más vociferante de todos.

"Entonces, ¿qué, vas a encerrar a esa estafadora callejera con nuestro equipo por la noche?" Abe se quejó. "¿No ves la televisión? Alguna pandilla le dará un teléfono celular y tomará fotos de todo lo que tenemos ahí abajo. Esperarán hasta que estemos cargados, entonces bajarán con escopetas y nos limpiarán a punta de pistola".

"Esto es lo que llamamos lluvia de ideas". Adam se inclinó hacia él a través de la mesa. "Piensa en los peores escenarios, y nosotros ponemos los remedios.

Se lo mencionaré, y la registraré antes de encerrarla. Mira, la confianza va en ambos sentidos. Tiene que aprender a confiar en nosotros como nosotros en ella. También tenemos que apelar a sus debilidades. Comida, refugio, dinero, además de algunos beneficios de vez en cuando. Es como domesticar a un animal salvaje, es un proceso gradual. Además, los beneficios son tremendos. Si nos ayuda a conectar con algunos de los otros habitantes de la calle, ellos podrían ayudar a vigilar el lugar, además de ser nuestros ojos y oídos. También podrían ayudarnos a conseguir algunas cosas que necesitaremos para nuestra investigación".

"¿Cómo qué?", preguntó Isaac con duda, vertiendo crema en su taza.

"Voluntarios para nuestra investigación", dijo Adam de mala gana. "Además de narcóticos".

"¿*Qué*?" Preguntó Abe, aturdido. "Hasta aquí llego, estoy fuera".

"Miren, sean razonables", insistió Adam mientras los demás se desconcertaban. "Ustedes vieron a dónde va esto en mi casa. Esto va a implicar la cirugía de un momento u otro, y viste lo que pasó en ese experimento con el primer conejo hace unas semanas. ¿Quieres que alguien intente cortar una de sus extremidades si algo sale mal? ¿Y cuánta morfina crees que podremos robar de Bellevue antes de que alguien se dé cuenta? Miren, esto es todo, chicos. Esto es ahora o nunca. Nos he metido en la arena. Ahora, todos tenemos que jugar como un equipo para mantenernos allí".

"Vamos a pisar aguas profundas, y estoy seguro de que todos aquí se dan cuenta". Isaac dio un sorbo a su café. "Abe está tan preocupado por los riesgos como Noah y yo. No solo estamos arriesgando nuestras carreras, sino que podríamos arriesgarnos a ir a la cárcel. Estoy pensando que tal vez deberías encabezar la operación. Si estás dispuesto a hacer todo el trabajo pesado, entonces será un intercambio justo por nuestra cooperación. Nosotros aportaremos lo que podamos, pero tú pones tu nombre en el contrato y tratas con la gente de la calle.

"Si te atrapan por los narcóticos, tendremos que darte la espalda. Sé que suena a sangre fría, pero hablo en nombre de todos los presentes al decir que apreciamos tu amistad y te queremos como a un hermano. Sabemos que estás a punto de hacer algo grande, pero no podemos arriesgar el futuro de nuestras familias, cueste lo que cueste".

"Vale", cedió Adam. "De acuerdo. Solo quiero que te des cuenta de lo que pasa aquí si entregamos el balón tan pronto en el juego. En primer lugar, seríamos sancionados por todo lo que ya hemos logrado. ¿Te imaginas lo que harían la ASPCA, la PETA y cualquier otra maldita agencia? En segundo lugar, el hospital probablemente nos presionaría para que vendiéramos los derechos a alguna corporación de investigación. Eso los enviaría a Washington, y no conseguirían las autorizaciones necesarias para trabajar con sujetos humanos hasta dentro de una década. Nuestro tiempo es ahora, mis amigos. Apóyenme en esto. Si quieren que cargue con la responsabilidad, está bien. Es así de importante para mí. Pero no puedo hacerlo solo; necesito saber que están conmigo".

"Te haré un cheque una vez al mes para lo que necesites, dentro de lo razonable, y vendré una vez cada dos semanas y haré lo que pueda", concedió Abe. "Tengo una esposa y cuatro hermosos hijos en casa. Aunque estuviéramos a punto de curar el cáncer, mi familia sigue siendo lo primero. Eso nunca será negociable, jamás. Eso es todo lo que puedo aportar para ti, Adam".

"Amén a eso", concordó Isaac. "Si a ti te parece bien, a mí también".

"Supongo que yo también estoy bien", dijo Noah.

"Entonces, ¿qué... vas a dejar que estos dos *imbéciles* influyan en ti por el resto de tu vida?" Adam arrugó el ceño ante Noah.

"¿Qué quieres decir?", preguntó Noah de forma lastimera.

"¿Vas a seguir con esta *basura de* familia feliz y campamento seguro?" dijo Adam burlándose. "Tengo dos gatos esperando a que les cosa cabezas de perro. *Buenos Días América está esperando* para hacer un reportaje sobre ellos. Incluso podrías acabar en la portada de *Rolling Stone*, como Dzhokhar Tsarnaev. Usa la cabeza, *idiota*".

Noah lo miró estupefacto antes de que todos estallaran en una risa que rompía la tensión.

~

"¿Eres tú, Adam?"

Subió a duras penas las escaleras hasta el apartamento del tercer piso en el que su madre residía sola en la casa de piedra rojiza de Grace Court. Había convertido la mayor parte de las habitaciones en un centro médico, donde dividía su tiempo en el sótano realizando sus investigaciones. Su amplio y bien amueblado dormitorio era la única zona que aún se parecía a una vivienda.

"Sí. Madre, ya voy."

Se acercó a la ventana y contempló la impresionante vista del horizonte de Nueva York al otro lado del East River. Recordó cómo él y los chicos se sentaban en el Promenade o pasaban el rato bajo el puente de Brooklyn cuando eran niños, fantaseando con que un día tendrían el mundo en un hilo. Tendrían todo el dinero de sus empleos médicos invertido en Wall Street, y crecería más y más hasta que fueran millonarios en Long Island Sound, navegando en sus yates hasta el South Street Seaport para cenar cada noche. Todo sería muy fácil entre los cuatro.

Entre los cuatro.

"Adam".

"Sí, madre. ¿Cómo te sientes? ¿Quieres un vaso de leche antes de irte a dormir?"

"Me alegro de que no hayas dicho antes de ir a la cama", bromeó ella, como siempre.

Naomi Rauch era una atractiva mujer de unos sesenta años que sufrió un derrame cerebral que la privó del uso de las piernas. Cuando se le detectó un tumor mamario maligno hace dos años, se negó a recibir más tratamiento médico hasta que accedió a que Adam la operara en casa. Desde entonces, ya no salía de casa, insistiendo en que Adam se hiciera cargo de todas sus necesidades médicas. Finalmente, él decidió sacar todo el provecho posible de la situación y comenzó a compartir sus visiones futuristas con su madre. Ella, a su vez, empezó a desviar las inversiones que ella y su difunto marido dejarían como herencia.

"Estos diez mil van a servir para cambiar vidas". Adam le dio un beso en la mejilla después de recibir el cheque. "Vamos a ser capaces de continuar donde lo dejé anteriormente. Has visto al gato Perky. Él está caminando bien ahora. Deberías verlo. Te lo digo, mamá, un día vas a volver a caminar".

"Oh, por favor". Levantó la mano. "He hecho mi parte de caminar en esta vida. Guarda tus milagros para algún chico joven que nunca haya caminado un paso en su vida. Para eso es este dinero. Y prométeme que nadie saldrá herido: ni animales, ni personas, *nadie* saldrá herido".

"Nadie sale herido, mamá". Le besó la mano. "Nunca, nadie. Soy médico. Hice un juramento de que salvaría vidas, no haría daño a nadie".

"Ese es mi chico. Te quiero, hijo".

"Yo también te quiero, mamá. Te traeré la leche".

Sabía que le estaba mintiendo a su madre. Los animales habían sufrido y muerto en su laboratorio, y habría muchos más por venir.

Sin embargo, ni en sus peores pesadillas pudo haber soñado el sufrimiento y la muerte que se avecinaban.

CAPÍTULO TRES

"Así que tenemos a Noah, el buen chico judío, yendo con sus amigos, dejándose llevar por la nariz y cayendo en el infierno. El honesto Abe le sigue de cerca, pasando los cheques, viniendo y revisando a los pacientes dos veces por semana. ¿Quién queda sino Isaac Vadim y el propio Rauch?", preguntó Tommy Jackson, dando una última y larga calada a su Lucky Strike antes de lanzarlo contra la pared del aparcamiento, donde estaba aparcado junto a Orrin Rampersad. "Puedes ver a dónde va esto, ¿no? Seguirán tirándose la pelota. Vadim se la pasará y luego Rauch le echará toda la culpa a Cyclops, que no existe. Nos están preparando para que nos persigamos la cola. Oíste cómo planearon todo desde antes de ir a la escuela de medicina. ¿Crees que nunca se sentaron, bajo el puente de Brooklyn, y hablaron de lo que harían si uno de ellos se convirtiera en Richard Kimble?"

"¿Quién?", preguntó Orrin, desconcertado.

"*El Fugitivo*", replicó Tommy. "¿No tienes televisión americana allí de donde vienes?"

"Vete a la mierda", se rio Orrin. "Entonces, ¿por qué no volvemos y se lo contamos a Willard?"

"Ni en broma". Tommy sacó una petaca de whisky del bolsillo interior de su chaqueta de cuero y dio un trago antes de pasársela a Orrin. "Estamos recibiendo la historia de primera mano; nadie tiene más de esta historia que nosotros. Si sales a la calle dentro de un mes y te disparan en la cabeza, puedes retirarte y vender esta historia a *Playboy*. Además, es mejor que investigar una habitación llena de víctimas.

"¿Qué pasará cuando descubramos que hay un Cyclops? Si Rauch no lo entrega, tiene la mejor oportunidad de cumplir cadena perpetua. ¿Por qué no hablamos con Rauch después?"

"Hablaremos con Rauch a continuación y no tendrá sentido meterse con Vadim. Una buena investigación es como el buen vino; rara vez te encuentras con uno. Hay que beber a sorbos, agitar y saborear. Nos tomamos nuestro tiempo, vamos a ver a Vadim para el brunch de mañana, luego tenemos a Rauch para la cena".

"Suena como un plan". Orrin hizo una mueca de dolor al beber un sorbo del Jack Daniels. No habían probado bocado desde que se reunieron esa mañana en el MCC.

Tommy llegó a su apartamento de dos dormitorios en la calle Prince poco después de las siete de la tarde. Le fastidiaba gastar un tercio de su sueldo en el alquiler de este lugar, más mil dólares extra al año sólo para aparcar su Camry. Nunca se imaginó que podía estar ganando 90.000 dólares al año y que apenas salía. Con dos hijas que aún no están en la escuela, su esposa se quedaba en casa por mutuo acuerdo. Sería bueno cuando ella pudiera volver a trabajar, pero hasta entonces, él solo tenía que sonreír y aguantar.

"¡Papá está en casa!", gritó, y fue inevitablemente lo mejor de su día.

Las niñas, Lorraine, de cinco años, y Deirdre, de dos, corrieron a sus brazos cuando él se agachó para saludarlas. Las abrazó y las besó antes de levantarse para darle un poco de cariño a Maureen.

"¿Qué tal tu día?" Maureen, una encantadora irlandesa-estadounidense de pelo miel, le acarició la cara. "Pareces cansado".

"Bueno, lo pasé en el MCC con los científicos locos, entre derribar tiros con el chico nuevo". Tommy se quitó la chaqueta y la colgó en el perchero junto a la puerta. "¿Qué hay para cenar?"

"Estofado irlandés", respondió ella, cogiendo su chaqueta y colgándola en el armario como hacía cada vez que él llegaba a casa. "¿Quieres una cerveza?"

"¿Otra vez estofado?" Se sentó en la mesa de la cocina mientras las chicas volvían al televisor en la cercana pero acogedora sala de estar.

"Nadie recogió la comida este fin de semana, ¿recuerdas?", reprendió. "Si quieres cuidar a las niñas un rato, puedo ir a buscar algunas cosas".

"No, iré cuando salga mañana". Se frotó los ojos, desabrochándose la camisa. "¿Quién demonios soñó alguna vez que Homicidios iba a ser así?"

"Llevas tres años en esto. Has hablado con muchos de los mayores. Conoces la rutina". Se sirvió un tazón de guiso y lo metió en el microondas.

"La vida está jodida". Se empeñó en modificar su vocabulario, ya que habían acordado que no habría palabrotas en la casa después de que las niñas aprendieran a hablar. "Ese es el problema, no es el trabajo. Es la economía, es la sociedad, es como está el mundo hoy en día".

"¿Qué has dicho siempre sobre que no nos parecemos a nuestros padres?" Cortó una rebanada de pan de molde casero de una hogaza fresca. A pesar de tener dos hijos, era notablemente delgada y podría haber pasado por una universitaria, si no fuera por las líneas de preocupación en el rostro de la esposa de un policía.

"Sabes, voy a dejar cien dólares en la tienda de comestibles y saldré con lo necesario para llegar hasta la próxima semana", refunfuñó. "A veces, creo que tienes razón: deberíamos habernos quedado en Brooklyn".

"'Todavía podemos volver, puedes ser transferido, ahora tienes rango y antigüedad. Podemos quedarnos con mis padres hasta que nos ubiquemos".

"No está sucediendo". Dejó caer los codos sobre la mesa y se masajeó el cuero cabelludo con cansancio. "Oye, estamos aquí. Tengo que contar mis bendiciones. Si conseguimos que las niñas vayan a la escuela aquí, podemos enviarlas a la Escuela Superior de Arte y Diseño o a Gramercy Arts. Luego, pueden ir a la Universidad de Nueva York. Una vez que se vayan, nos mudaremos a Florida y viviremos como un par de judíos ricos por el resto de nuestras vidas".

"Sí, el Gran Sueño Americano de Thomas Jackson", asintió ella, poniendo ante él su cuenco de guiso, junto con el pan y una rebanada de mantequilla en un plato aparte. "Eso es, por supuesto, si a las niñas les sigue gustando colorear y dibujar cuando terminen la escuela primaria".

"Hay que apoyar sus sueños, ayudarles a desarrollar lo que se les da bien". Tommy saboreó una cucharada del excelente guiso de Maureen. "Si mi viejo me hubiera enseñado que había algo más en la vida que beber, ¿quién sabe?"

"Me dijiste que lo único que se te daba bien era golpear a la gente". Le sirvió un vaso de agua helada. "Quizás deberías haber sido boxeador".

"Ah", se encogió de hombros. "Hombre rico,

hombre pobre, hombre mendigo, ladrón. Ya sabes, son esos judíos los que me hacen pensar. Quiero decir, esos cuatro, míralos. Tenían todo a su favor, y terminan en la mierda..."

"Cuida tus palabras".

"Sí, sí. De todos modos, uno se pregunta cuál es la justicia en todo esto. Aquí estoy yo, partiéndome el lomo, intentando dar una buena vida a mi mujer y a mis hijas, y estos tipos lo tienen todo en bandeja de plata. Luego se dan la vuelta y lo tiran por el retrete. Te digo, tal vez deberías estar en los Heights y casarte con un judío rico".

"Bueno, supongo que fue una pena que me gustaran los tipos duros. Tipos duros irlandeses", dijo ella, apretando su hombro mientras se colocaba detrás de él.

"Sí, qué suerte tengo". Agarró su mano y la besó.

"¿Y qué, son todos snobs y engreídos?", se preguntó ella, sentándose en la mesa junto a él. "Nunca hablas mucho de la gente que entrevistas".

"No, eso es todo". Tommy mordió un trozo de pan con mantequilla. "Son tipos normales, con esposas e hijos, preocupados por sus trabajos, tratando de salir adelante como nosotros. Me están explicando cómo empezó todo, y todavía tengo que hacer algunas entrevistas más, pero todavía no puedo ver cómo demonios llegaron del Punto A al Punto C".

"No se trata de que sean judíos, ¿verdad?"

"Nohh, yo solo estoy hablando. Mi compañero es

antillano, ¿de qué hablas? Soy como Harry el Sucio. Odio a todos por igual".

"Bien. Me alegro de que no te conviertas en un antisemita".

"Eso es antisemita, cerebro de pájaro". Se acercó y le tocó cariñosamente la nariz con el dedo. "No, simplemente no puedo creer que hicieran lo que hicieron. Cuanto más aprendo sobre ellos, menos sentido tiene".

"Bueno, alguien le puso un brazo robótico a Jerome Browne, le amputó la pierna a Geri Lindsay y le hizo Dios sabe qué a ese hombre Combo". Sacudió la cabeza. "¿Has conseguido alguna pista sobre ese Dr. Cyclops?"

"Suenas como Rampersad con eso de Cyclops". La miró con los ojos entrecerrados. "Debes estar leyendo esos tabloides de nuevo".

"¿Qué, con mis binoculares? No he salido de casa en cuatro días".

"De acuerdo, pongamos a Rainy en preescolar y pongamos a Dee en prekíínder, y podrás estar fuera todo el día".

"Vamos, déjate de tonterías. Ya es demasiado tarde y ya lo hemos discutido. Todo lo que digo es que tiene que haber más de lo que los medios nos dan. Estás ahí dentro con ellos, Tommy, has hablado con ellos. Acabas de decir que son gente normal. Solo los monstruos podrían hacer lo que los medios dicen que hicieron".

"Maldita sea, ha estado bien". Dejó el tazón después de sorber los últimos bocados. "Ahora, el postre."

"Bueno, ¿qué quieres?", preguntó.

Se levantó, le cogió la mano y le guiñó un ojo.

"No. Me duele la cabeza".

"Sí, puede ser".

"No, para". Se levantó, protestando. "Las chicas aún están levantadas".

"No molestan a papá cuando está tomando la siesta".

"Todavía no he podido ducharme". Ella soltó una risita mientras él tiraba de ella hacia su dormitorio.

"Te quiero tal y como eres", dijo mientras la puerta se cerraba tras ellos.

Los dos detectives se reunieron a las 10 de la mañana en el MCC a la mañana siguiente, e Isaac Vadim fue llevado a reunirse con ellos en una de las salas de interrogatorio. Vadim mostraba las tensiones del encarcelamiento y parecía que no había dormido mucho. Al igual que Javits, se mostró desconfiado y taciturno al principio. Se tranquilizó un poco cuando supo que ya habían hablado con Birnbaum y Javits.

"Así que Javits me dijo que no estaba precisamente dando saltos de alegría cuando alquilaste la casa de piedra rojiza". Tommy se hundió en la silla de metal mientras Orrin encendía la grabadora. "¿Cómo fue la primera noche cuando fuiste allí?"

"Le pedí al taxista que se quedara allí hasta que yo estuviera dentro, y le di diez dólares más para que volviera cuando le llamara" Los ojos castaños de Isaac rebosaban de energía, a pesar de su aspecto desaliñado. "También tenía mi teléfono móvil configurado para marcar el 911. Así entré la primera vez, y así entré siempre hasta el final".

"Sin embargo, ustedes hicieron conexiones". Tommy se inclinó sobre la mesa y entrelazó los dedos. "Conociste a Patch y conociste a Combo. Tuvo que haber un momento en el que las cosas se relajaron. No es posible que temieras por tu vida cada vez que entrabas allí".

"Me leyeron mis derechos cuando me detuvieron, y ya he hablado con mi abogado", replicó Isaac. "Sabes muy bien que no tengo que decir ni una palabra más hasta que lo traigas aquí. También sabemos que cualquier cosa que diga puede ser utilizada en mi contra. No voy a dejar que me lleves a incriminar a nadie más".

"Bien, estaban protegidos, digámoslo así", Tommy se encogió. "Si no hubieran hablado por ustedes, la pandilla de la Calle 137 los habría asado en un asador. Intentemos esto, nos referiremos al Traficante como un eufemismo. La grabadora está encendida. Voy a dejar constancia de que el detenido no admite que su conocido sea un traficante. ¿Te parece bien?"

"Muy bien, veamos a dónde va esto", cedió Isaac.

"Así que, el traficante", reanudó Tommy. "Supongo que Patch les ayudó a hacer una conexión en la calle. Adam la tenía preparada como tu perro guardián, encerrándola en el laboratorio por la noche. Se ganó tu confianza, la hiciste sentir cómoda, y corrió la voz de que estabas bien. Abe nos dijo con muchas palabras que era la forma en que ustedes conseguían voluntarios para los experimentos. Ya tenemos las declaraciones de Patch y Combo, además de las otras cuatro mujeres que fueron rescatadas".

"Tu declaración no va a hacer que sea mejor o peor", intervino Orrin. "Solo estamos ayudando a la Fiscalía a poner los hechos en orden. Eres un hombre educado, tienes que entender que aquí hay que hacer justicia. Siete personas -que sepamos- quedaron desfiguradas de por vida. No están tratando de obtener una libra de carne aquí, solo tienen que enviar un mensaje. Parte de ese mensaje es que todos merecen un juicio justo e imparcial. Nuestro trabajo es asegurarnos de que lo tengan. Si no le has quitado los brazos o las piernas a nadie, o les has puesto algo que no correspondía, debes decirlo".

"Ese es tu trabajo, ¿no?", dijo Isaac astutamente. "Tienes que demostrar quién les quitó qué y quién les puso qué".

"Bien, juguemos. ¿Fue Cyclops? ¿Vino Cyclops a hacer todo el trabajo sucio?"

"No lo sé". Isaac se aclaró la garganta. "Nunca lo conocí".

"Entonces, ¿cómo sabes que existió? ¿Cómo sabes que no era un personaje de mierda que Adam se inventó para cubrirse el trasero?"

"Por el brazo", exhaló Isaac lentamente. "La primera vez. Adam nunca podría haber hecho algo así, no por sí mismo. Independientemente de lo que hizo con el conejo y el gato".

"Muy bien, cuéntame lo del brazo".

Isaac recordó la noche en que todos fueron a la casa de piedra rojiza unas semanas después de firmar el contrato de alquiler. Era una fría tarde de octubre y Patch aún no había llegado. Abrieron la puerta principal y se irritaron un poco al ver que hacía tanto frío en el pasillo. Luego fueron a la parte trasera y abrieron la puerta del sótano. Adam encendió la luz y bajaron la empinada escalera hasta el laboratorio.

"No está mal", admitió Abe mientras examinaban el trabajo que Adam había encargado. Había conseguido que algunos de los lugareños vinieran durante el día y completaran algunos de los trabajos cosméticos que había hecho el equipo de Shapiro. El tabique de la sala estaba terminado y todo el sótano estaba pintado de gris. También se dieron cuenta de que las mesas metálicas, las estanterías y las taquillas también habían sido trasladadas.

"Bien, ahora el *plato principal*" Adam se acercó a una larga caja contra la pared, detrás de una de las mesas junto a un pesado sillón. "Échame una mano, Isaac".

Los dos hombres pusieron la caja sobre la mesa, ya que Adam insistió en que lo hicieran con cuidado. Isaac calculó que pesaba unos diez kilos. Adam sacó un cortador de cajas y la abrió, rajando cada costura hasta que pudo tirar de cada lado hacia abajo y apartar las bolitas de espuma.

"¿Qué estás haciendo, construyendo un robot?" Noah estaba asombrado.

Todos se reunieron para observar el enorme brazo metálico que había sobre la mesa. Tenía correas y cables unidos a él, y los médicos pudieron ver que se trataba de un diseño exótico.

"¿Cuánto ha costado?" se preguntó Abe en voz alta.

"Mucho. Afortunadamente, es un artículo retornable, pero espero que no tengamos ninguna razón para querer devolverlo. Isaac, ¿podrías hacer los honores?", suplicó Adam.

"¿Hacer qué?"

"Siéntate, aflójate la camisa, déjame que te prepare". Adam pulsó un botón rojo que pareció activar el dispositivo. Las luces parecían parpadear en todo el apéndice, como si cobrara vida propia.

"¿Preparar? ¿Qué vas a hacer?" Isaac entró al juego.

Se abrió la camisa y se sentó en la silla mientras Adam le ponía una cinta en la cabeza con electrodos que se colocaban contra las sienes. Había una banda que le rodeaba el pecho con una correa que se alineaba con su médula espinal. Los demás observaron fascinados cómo Adam conectaba el cable del apéndice a la pared.

"Esta cosa ha viajado una larga distancia y necesita recargarse", explicó Adam. "Unido a un paciente durante un tiempo considerable, permanece cargado por las corrientes eléctricas del cuerpo humano".

"Esto es una locura", murmuró Isaac.

"Bien, ahora, necesito que finjan que están a punto de someterse al detector de mentiras". Adam hizo un gesto al resto. "Vamos a tener silencio absoluto. Isaac, necesito que hagas esto mecánicamente, como si estuvieras tratando de mover una extremidad que ha sido paralizada completamente. Piensa en el hombro, el bíceps, el antebrazo, la muñeca, la palma, los dedos. Tus impulsos cerebrales coordinarán el aparato. Si no sigues la secuencia, el brazo no podrá responder. Al principio, será incómodo y lento, pero una vez que desarrolles un patrón, será más fácil. Hombro, bíceps, antebrazo, muñeca, palma, dedos. Inténtalo".

Isaac se recostó en la silla y cerró los ojos. Los demás observaron expectantes cómo las luces del aparato empezaban a parpadear de arriba abajo. Al instante, el brazo se sacudió, lo que casi les hizo saltar de miedo. Se acercaron y vieron cómo la articulación del codo se estremecía, golpeando frenéticamente contra la superficie de la mesa; luego, de inmediato, los dedos se abrieron y se cerraron.

"Eso es". Isaac se quitó el casco, con riachuelos de sudor corriendo por su cara. "Utilicé toda la energía cerebral que pude reunir. El concepto es fantástico, pero aún tiene un largo camino por recorrer".

"Piensa en lo que pasaría si se fijara quirúrgicamente", propuso Adam. "Las ondas cerebrales irían directamente al dispositivo, a diferencia de una transmisión por electrodos externos".

"La cosa pesa al menos treinta libras", insistió Isaac. "Haría falta un levantador de pesas o un gigante para poder llevarlo. Incluso así, sería imposible que un armazón esquelético soportara semejante cosa".

"Si tuvieras un paciente con un fallo estructural extenso, podrías instalar un armazón para soportar la estructura", afirmó Adam con firmeza.

"Estás hablando de convertir a alguien virtualmente en un robot", insistió Abe sacudiendo la cabeza. "Algo así tendría que costar millones".

"No, tengo una conexión", reveló Adam con una rápida sonrisa. "El tipo prefiere ser conocido como Dr. Cyclops. Está dispuesto a financiar la operación con la condición de mantener el anonimato. Está muy interesado en lo que estamos haciendo aquí, y está dispuesto a proporcionar material y prototipos como este para avanzar en nuestra investigación".

"Dr. Cyclops". Isaac se rió mientras se abotonaba la camisa. "Este tipo ha estado viendo demasiadas películas de monstruos. Primero, tenemos 'La casa de Frankenstein', luego tenemos la 'Mano Robótica', y ahora 'el Dr. Cyclops'. ¿A dónde demonios vas con esto, Adam?"

"Viste lo que hice con el gato", declaró Adam con fervor. "Acabas de ver lo que esta cosa puede hacer. Solo necesito conectar los puntos, y ustedes son los únicos que pueden ayudarme. Hicimos un pacto entre nosotros antes de tener la edad suficiente para masturbarnos. No puedes echarte atrás ahora. ¿No ves a dónde va esta cosa?"

"Esa cosa es demasiado grande para que la levante un ser humano". Abe sacudió la cabeza. "He llegado a un acuerdo, y creo que esta empresa va a dar grandes beneficios. Pero hay que racionalizar y centrarse en los beneficios a corto plazo, porque estamos hablando de inversiones personales. Seguiré financiando la operación, pero no puede ser eterna".

"Bien, si consigo que te comprometas a venir una tarde dentro de dos semanas, tendré a un voluntario en rehabilitación que podría necesitar una amplia operación de nervios. Tú empiezas y yo hago la limpieza".

"¿Qué, estás...?" Abe le miró fijamente.

"Isaac, ven la semana que viene y haremos el trabajo de preparación. Señores, estamos a punto de hacer historia en la medicina", dijo Adam con ánimo.

~

Isaac Vadim realmente no tenía conocimiento de los acontecimientos que se produjeron después de que los médicos abandonaran la casa de piedra rojiza esa noche. Isaac y Abe estaban preocupados por las próximas festividades de Halloween previstas para dentro de un par de semanas. Los cuatro estaban desbordados por el aumento de nuevos pacientes en Bellevue que se aprovechaban de los beneficios del Obamacare que les otorgaba el gobierno federal. Como resultado, habían relegado el proyecto a un segundo plano, aunque Adam seguía adelante a toda máquina.

Adam había dispuesto un sofá cama en lo que parecía una zona de espera en la esquina junto a la escalera que llevaba al sótano. También había colocado una alfombra, un par de sillones, una mesa de centro y una pequeña nevera. Al cargarla con sándwiches y leche fresca, Patch pensó que estaba en el séptimo cielo. Siguió exhortándola a que le ayudara a hacer algunas conexiones en la calle, y cuando por fin trajo a un traficante de nivel medio, Adam se lanzó a explicar que tenía algunos pacientes externos que lo visitaban y que necesitaría un suministro de reserva de narcóticos para situaciones de emergencia. Presintiendo que se avecinaban grandes transacciones, el traficante se apartó sabiamente y se lo pasó a Django Tamsulosin.

Tamsulosin era el traficante autorizado en el territorio de la pandilla de la calle 137, a cambio del diez por ciento de sus beneficios, que ascendían a una media de diez mil dólares a la semana. Gobernaba su feudo con mano de hierro, con la pandilla siempre disponible como respaldo. Tamsulosin visitó a Adam en su casa, acompañado por dos de sus pistoleros, y Adam le explicó con detalle lo que tenía en mente.

Django aceptó suministrarle una onza de heroína por 1.000 dólares al mes. Era un descuento considerable, pero le permitía obtener un beneficio rápido con un cliente que volvía a comprar un peso decente, sin tener que preocuparse de perder clientes a través de la reventa.

Django regresó la noche siguiente junto con un hombre negro, alto y fornido, que parecía estar en mal estado. Tamsulosin y sus guardaespaldas llevaron al hombre a reunirse con Adam en el vestíbulo del edificio. Sus ojos grises estaban llorosos y tenía una enfermedad de la piel similar a la de Patch. Caminaba con un bastón y parecía tener problemas para mantener el equilibrio.

"Este es el hermano del que te hablé". Django los presentó. "Este es Combo, uno de mis amigos del vecindario. En este momento, está siendo tratado por distrofia muscular. Los médicos dicen que su situación se está deteriorando. Esperan que esté en una silla de ruedas en unos meses. Ahora mismo, está perdiendo el uso de sus manos y brazos. Le dije que conoces casos como el suyo, y que tal vez podrías ayudarle".

"Encantado de conocerte, Combo". Adam le estrechó la mano y luego intercambió un sobre con Django por una pequeña bolsa antes de que los traficantes se marcharan.

Condujo a Combo por los escalones hasta el laboratorio, donde Patch estaba dando vueltas, barriendo y ordenando la zona. Se conocían de vista y Adam les explicó que ambos estarían encerrados juntos durante las noches. Haría los arreglos necesarios para que Combo se quedara en la antesala, y su situación probablemente requeriría que permaneciera allí durante un tratamiento y una terapia prolongados.

Adam le había explicado a Patch de antemano que se le darían responsabilidades adicionales por el doble de dinero, ganando 40 dólares a la semana por su ayuda. Se le exigiría que cuidara de Combo, ya que éste estaría convaleciente durante largos periodos de tiempo. Con el tiempo, la habitación sería sellada para que ella tuviera poco que hacer para ayudar a cuidarlo. Ninguno de los dos sabía que Adam lo sedaría por la noche para que casi no tuvieran comunicación verbal.

"Lo que quiero que sepas es que esto implicará una serie de cirugías menores", le explicó Adam a Combo mientras discutían la situación en la antesala. Ya había colocado allí un catre junto con una pequeña mesa y una silla. "Voy a realizar una serie de pruebas y te daré un diagnóstico completo antes de empezar. Lo que puedo garantizarte es que, si esto funciona, puedes acabar más fuerte y sano de lo que nunca has estado en tu vida".

"Doctor, le digo algo". Las lágrimas brotaron de los ojos de Combo. "Tengo miedo. Solo tengo veintinueve años. No quiero morir. He oído historias sobre lo que le ocurre a la gente que tiene esta enfermedad. Sus músculos mueren, poco a poco, y finalmente te mueres. Sigue adelante y haz lo que tengas que hacer. No me importa estar más fuerte y saludable, solo no quiero morir".

Adam realizó una serie de pruebas rápidas y descubrió que a Combo casi no le quedaba fuerza en la mano izquierda y que estaba perdiendo el control de las piernas. También indicó que tenía problemas para respirar por la noche y que sufría incontinencia.

"Voy a ponerte esteroides para empezar, junto con algunos medicamentos para ayudarte a dormir", explicó Adam mientras le daba cinco pastillas y un vaso de agua. "Patch estará aquí por la noche para vigilarte, y pasaré por la mañana para asegurarme de que todo va bien. La medicación te dará sueño y dormirás mucho al principio, pero una vez que comience la terapia, probablemente te acostumbrarás a la rutina. Vamos a ir a contrarreloj para intentar adelantarnos a tu degeneración muscular. Te pondremos Prednisona, y eso ralentizará el proceso lo suficiente para que podamos realizar las cirugías."

"¿En qué van a consistir las cirugías?" se preguntó Combo en voz alta, con el ceño fruncido.

"Bueno, va a ser un procedimiento radical", le confió Adam con una sonrisa tranquilizadora. "Puede que haya partes del cuerpo que se deterioren por completo, y la atrofia puede dar lugar a más complicaciones. Si podemos sustituir esas partes, puede que no solo se evite la propagación de la enfermedad en la zona, sino que, como ya he mencionado, se consiga una mayor potencia y movilidad a largo plazo. También tengo un par de colegas que participarán en el proyecto, y que son especialistas en sus campos. También pueden ayudar a reparar, o revertir, los daños nerviosos y el colapso arterial que pueda producirse".

"Doc, lo que sea que necesite hacer, está bien para mí. Todo lo que le pido, se lo ruego, es que me salve la vida".

"Voy a hacer todo lo que esté en mis manos para cambiar tu vida, amigo mío", Adam le dio unas palmaditas tranquilizadoras en el hombro mientras se tragaba la prednisona y el Valium. "Espero que tú y yo hagamos historia".

"Le confío mi vida, doctor". Una lágrima rodó por

la mejilla de Combo mientras estrechaba la mano de Adam antes de irse.

"Vamos a dar lo mejor de nosotros mismos, y te aseguro que lograremos cosas que el mundo nunca olvidará".

Combo se tumbó en el catre y se sumió en el sueño más reparador que había disfrutado en mucho, mucho tiempo.

CAPÍTULO CUATRO

Tommy llamó a Orrin a la mañana siguiente y le propuso reunirse en el Starbucks de Park Row, cerca de la calle Beekman. Orrin se sorprendió ligeramente, pero aceptó de buen grado. Se saludaron porque Tommy había llegado primero y estaba sentado en una mesa trasera. Orrin cogió una taza de café colombiano y ambos miraron con curiosidad las tazas que tenían delante.

"Pensé que querrías comer algo. Mi esposa sugirió que nos reuniéramos aquí para variar".

"Mi esposa pensó en lo mismo", gruñó Orrin. "Ella pensó que tal vez tenías un problema con la bebida. Ella suele prepararme un desayuno normal por la mañana, jamón y huevos o algo así. La mitad de las veces, lo comparto con mi hijo pequeño".

"Sí, suelo tomar dos tostadas con mi café.

Maureen sabe que es todo lo que como por la mañana. Así que hoy tenemos a Noah, Patch y Combo. ¿Qué te pareció Rauch ayer?"

"Se sentó allí y nos echó una retahíla de mierda". Orrin miró por la ventana a los oficinistas de rostro sombrío, que iban y venían de camino al trabajo.

"Te dije que lo de Cyclops era una tontería". Tommy dio un sorbo a su café con edulcorante.

"No me refería a Cyclops. Me lo creí. Me refiero a esa mierda transgénica. Esa no era su área de experiencia. Acaba de lanzar una soga al cuello de Javits. Javits tenía que saber que no se estaba metiendo con injertos de piel normales. El hizo el trabajo en Patch, luego en Combo, luego en Browne. Verás, así es como el círculo de la burla va a caer. Javits dirá que el trabajo ya estaba en marcha y que él solo intervino para hacer el control de daños. El fiscal dirá que él tenía la obligación de delatarlos, pero su abogado volverá con el "privilegio médico-paciente". Es como dijo Birnbaum. Lo soñaron como adolescentes bajo el puente de Brooklyn. Ellos tienen un campo de minas legal preparado, y el fiscal va a estar jugando a la rayuela todo el tiempo".

"Sí, y te diré algo", gruñó Tommy. "Si el fiscal entra en la sala con nada más que su pito en la mano, nosotros somos los que vamos a tener el sándwich de mierda en nuestro plato cuando todo termine".

"Eso es lo que yo llamo una mierda". Orrin negó con la cabeza. "No somos asistentes legales, somos policías. ¿Cómo diablos nos responsabilizan por hacer un caso contra estos tipos?"

"Oye, es como el póker, las cartas hablan por sí mismas", insistió Tommy. "O el fiscal tiene un caso o no lo tiene, y nosotros solo nos aseguramos de que reciba un trato justo. Mira, por eso los chicos pasan por Antidrogas, es como graduarse de la escuela. Aprendes lo que se necesita para que los cargos se mantengan en Antidrogas. Cuando sales, eres el paquete completo. Oye, fuimos asignados por el capitán y el propio jefe. En toda empresa rentable hay riesgos. Hacemos que el caso se mantenga, y nos ascienden. Eso es una cosa sobre el jefe Madden, a pesar de lo capullo que pueda ser. Nunca olvida un trabajo bien hecho".

"Por el jefe Madden". Orrin levantó su copa.

"Por Patch", respondió Tommy. "Hay muy pocas como ella, ¿no?"

Adam Rauch les había contado ayer algunas cosas sobre Patch, las mismas que le dijo a Isaac Vadim cuando volvió a pasar por la casa de piedra rojiza el viernes siguiente, después de que los amigos hubieran visto el trabajo de remodelación. Vadim conoció a Combo y tuvo sentimientos encontrados sobre la siguiente fase de la operación, pero aún más cuando hablaron de Patch.

"Sufre un gran deterioro celular provocado por el tabaquismo", explicó Adam mientras estaban sentados en la sala de espera del laboratorio aquella tarde. "La examiné los otros días. Sus pechos se han marchitado casi por completo; parecen un par de ciruelas pasas. Cuando el médico de Bellevue le dijo que había que extirparlos, dejó de ir. Por eso su psoriasis no tiene tratamiento, y también tiene escorbuto. Le he estado dando vitamina C para tratar el escorbuto, pero como sabes, la psoriasis es incurable en este momento. Le he estado dando ungüentos para aliviar los síntomas. Creo que, en este momento, podemos intervenir y hacer una cirugía correctiva".

"Bueno, si ella dijo que no quería quitarse los pechos, corres un riesgo si sigues adelante y lo haces de todos modos".

"Dijo que estaría dispuesta a hacerse una cirugía estética, como implantes mamarios. También tengo algo que podríamos usar para corregir la psoriasis en la zona del torso delantero. Si esto funciona, Isaac, nos dará luz verde para ponernos a trabajar en Combo. Vamos a tener que correr la bola en este caso. Si conseguimos que las cosas funcionen, entonces Abe y Noah pueden venir y hacer el tratamiento de seguimiento. Tenemos que ponernos a trabajar en Patch y luego ir desde allí".

"¡Bien, espera!" Isaac levantó un dedo. "¿*También* tienes algo para corregir la psoriasis?"

"Hablo de sustituir la piel de la parte delantera de su torso, desde la clavícula hasta la pelvis. Lo he discutido mucho con ella; le he contado todos los escenarios posibles. Me rogó que te pidiera que me ayudaras a empezar esto lo antes posible".

"¿Dónde vas a conseguir el material para el injerto de piel?"

"El Dr. Cyclops", reveló Adam. "Ha desarrollado un producto de piel artificial utilizando una técnica transgénica que es mucho más duradera que la piel humana, y es impermeable a las enfermedades de la piel humana. Si esto funciona, se curará completamente de la psoriasis en la zona tratada, y la nueva piel será mucho más atractiva y libre de manchas que cualquiera que hayas visto."

"¿Y cuál es el inconveniente?"

"Bueno", dijo Adam en voz baja mientras se inquietaba, "solo viene en un color".

"Esto es brillante, Adam, simplemente brillante," Isaac fumó. "Tienes a dos personas negras aquí para injertos de piel extensos con piel artificial que resulta ser blanca. ¿Qué crees que va a pasar cuando vayan a ver a un médico normal? ¿No ves la posibilidad de que pases los próximos años en Attica?"

"Mira, hay todo tipo de posibilidades por delante", insistió Adam rotundamente. "Tienes que empezar a mirar los aspectos positivos. Si la cirugía funciona en el torso delantero, no hay ninguna razón por la que no podamos continuar a lo largo del resto del torso. Por supuesto, al principio se vería raro, pero después de un tiempo, el paciente lo vería como una especie de leotardo permanente, una segunda piel. No es que vaya a empezar a tomar el sol en Central Park, por el amor de Dios. Además, tendrá en cuenta el coste de oportunidad. Me dijo que uno de los pocos activos que tenía en este mundo eran sus pechos, y el daño arterial periférico se los quitó. Recuperar su busto y evitar la propagación de la psoriasis sería la mayor bendición que podría tener en este mundo".

"¿Cuándo vas a seguir adelante con esto?" Isaac se frotó las sienes.

"La piel estará aquí mañana por la noche".

"Así que Patch se despierta dos días después, todavía aturdida por toda la heroína de alquitrán marrón o lo que sea que hayas usado, y lo único que recuerda es a uno de ustedes sentado haciendo preguntas". Tommy estaba algo malhumorado mientras interrogaba a Rauch el día anterior. "Dice que al principio se escandalizó, pero que al final se enamoró de la nueva piel y se pasó horas frente al espejo, mirándose los pechos. Llegó a aborrecer la piel negra, la piel enferma, y pronto quiso cubrirse con la nueva piel blanca. Quería ser completamente blanca. ¿No se anticipó a eso? ¿No se dio cuenta de que iba a jugar a ser Dios?"

"Pensé que venías aquí solo por los hechos, como

Dragnet", Adam inclinó la cabeza, mirándolo de cerca.

"Bueno, como hemos dicho, esto sigue funcionando a tu favor", intervino Orrin. "Todavía no sabemos quién la puso bajo el cuchillo, aunque tú eras el portavoz del grupo. Todavía no te va a acusar, porque tu abogado puede salir y decir que podría haber sido Cyclops".

"Todos los caminos llevan a Cyclops", sonrió Tommy.

"Así que, cuando empezó a presionarte para que hicieras la cirugía de seguimiento y a insinuar que podría ir a otro sitio a hacérsela si no ponías las cosas en marcha, debiste darte cuenta de que iba a haber un problema. ¿Por qué no le pediste al traficante que la enderezara?", preguntó Orrin.

"*Si hubiera* habido un traficante", respondió Adam, "habría estado ahí para ganar dinero, no para comprar los problemas de los demás".

"Vamos, doctor", Tommy puso los ojos en blanco. "La policía encontró el armario de la carne lleno de partes de cuerpos congelados. Ya tienen listas de huellas dactilares y muestras de ADN que han identificado a más de una docena de víctimas. Eso sin mencionar a las cuatro mujeres que fueron rescatadas, junto con Geri Lindsay y Jerome Browne. La Fiscalía no duda de que todos ellos fueron arrojados a su laboratorio por el Traficante en un viaje sin retorno. Los exámenes forenses se están retrasando hasta que se descongelen las partes del cuerpo, pero los preliminares indican que algunas de las víctimas podrían haber estado aún vivas cuando se produjeron las amputaciones. Si no hay Traficante, ustedes se quedan con un paquete más grande del que ya tienen".

"Bueno, eso no es ni aquí ni allá", presionó Orrin. "Estamos divagando. Vale, así que Patch sale de la operación y está en las nubes, tiene una nueva oportunidad de vida. Ustedes empiezan a darle la charla de ánimo para usarla con Combo. En su declaración, él dice que se está desmoronando rápidamente, que no tiene más remedio que poner su vida en sus manos. Solo que se va a dormir y se despierta con un par de varillas de metal donde antes estaban sus piernas. Es en ese punto, dice él, cuando ustedes lo convirtieron en un drogadicto".

"Me acojo a la Quinta en esto, o también en eso, o traes a mi abogado aquí", afirmó Adam con determinación.

"Mira, estoy tratando de conseguir tu ayuda con esto", Tommy trató de aplacarlo. "Tanto Combo como Patch están aquí en MCC por su parte en los incidentes. Combo se dedicó a matar aquí en Harlem; tiene sus propios problemas. Los culpa a ustedes, pero el fiscal no se lo va a creer, no esa parte. ¿Alguna vez pensaste que era capaz de asesinar? ¿Pensaste alguna vez en algún tipo de tratamiento con metadona para sacarlo de la adicción de la heroína una vez que las cirugías iniciales fueron completadas?"

"Estás insinuando que Cyclops lo enganchó", sonrió Adam. "Eso te da la base para acusar a Cyclops por uso y posesión no autorizada".

"Eres tú o él, Doc", afirmó Tommy rotundamente. "Alguien va a pagar la cuenta de esto".

"¿Por qué no darle la vuelta?" sugirió Adam. "Si lo derriban, ¿no es lógico que nos arrastre a los cuatro de nuevo?"

"No puedes ser acusado por el mismo delito dos veces", le recordó Orrin.

"Bien. Así que tenemos que superar este caso antes de poder entregar a Cyclops... si es que podemos hacerlo".

"Así que tu historia es que todo el contacto con él fue por Internet a través de sitios web extranjeros". Tommy cruzó las piernas bajo la mesa. "Estás tratando de culpar a un fantasma en el ciberespacio".

"¿De dónde sacamos las extremidades robóticas?" sonrió Adam. "No salieron de alguna Estación Imaginaria en el ciberespacio, ¿verdad?"

"Así que, déjame volver a la línea de la historia aquí", Tommy golpeó su dedo en la mesa. "Según Combo, él no sabía que estabas cambiando las piezas hasta después del hecho. La primera vez que bajó le quitaste las piernas y las sustituiste por las varillas. La segunda vez lo abriste y le pusiste las varillas alrededor de la columna vertebral. Lo siguiente que sabe es que le quitaste el brazo izquierdo".

"Para el beneficio de tus registros, todo el trabajo fue hecho por Cyclops".

"Sí, claro. Así que Cyclops lo está convirtiendo en un cíber humano, pieza por pieza, y lo está dopando para que no tenga mucha voz en el asunto. Dijo que tardó semanas en conseguir que las varillas respondieran e, incluso entonces, pasó la mayor parte del tiempo con muletas porque no podía adaptarse a los requisitos mentales. A veces, conseguía que las piernas caminaran y, a veces, se quedaba atascado en la marcha. Lo mismo ocurría con el brazo; a veces, podía comer con él y, otras veces, estaba tirando mierda por todas partes".

"Había una serie de condiciones preexistentes que fueron inesperadas, combinadas con el hecho de que ninguno de nosotros tenía experiencia real en el campo. Mi especialidad era la robótica, pero la mayor parte de mi experiencia era con prótesis. Haciendo una mala analogía, éramos como las tropas afganas a las que la CIA entregaba armamento de última generación sin manuales de instrucciones. Hubo mucho ensayo y error pero, en su mayor parte, los fallos se debieron a la incapacidad de Combo para tomar el control de los dispositivos".

"Dice que se convirtió en un drogadicto. Tal vez eso tuvo algo que ver".

"Quizás la adicción fue lo que hizo que su

pequeña excursión tuviera tanto éxito". Adam pasó el brazo por encima del respaldo de su silla. "Donde hay voluntad hay un camino".

"Seis personas muertas", frunció el ceño Tommy. "¿Qué pasa con ese juramento hipocrático tuyo?"

"No lo justifico. Solo veo cómo sucedió todo".

"Vamos, Combo. Puedes hacerlo. Puedes ir a buscar algo para los dos".

Llevaban meses allí y Patch se estaba sintiendo segura y confiada con la situación. Había llegado a ser muy platicadora con los médicos cuando entraban y salían. Se estaba haciendo especialmente amiga de Adam, que bromeaba con ella de vez en cuando mientras hacía sus rutinas. En su mayor parte, él era muy detallista y profesional, y estaba pendiente de ella desde que entraba hasta que se aseguraba de que todas las indicaciones que le había dado se habían seguido al pie de la letra.

Se trataba sobre todo de atender a Combo, asegurándose de que tomara sus medicinas y de que todas sus cicatrices y zonas tratadas estuvieran bien cuidadas. Lo que Adam no sabía era que Patch le estaba retirando poco a poco a Combo sus medicamentos, tomando uno o dos de sus Hydros y Oxys para sí misma de vez en cuando. El no solo se estaba volviendo más lúcido, sino que estaba manejando el dolor mucho mejor. Solo que, en esa noche en particular, Adam les dijo que no estaría. Era Halloween y tenía que llevar a sus hijos a una fiesta. Patch había tomado una pastilla de más de la dosis de Combo para la noche, así que él se estaba poniendo ansioso e irritable.

"Mira, puedo darte la dirección. Te digo que puedes abrir esa puerta con tus brazos. No volverán hasta mañana. Lo tendremos arreglado para cuando vuelvas".

"Ves, es fácil para ti decirlo". Combo parecía estar malhumorado. "Si te echan, tienes lugares a los que ir. Si me echan, ¿a dónde voy a ir con toda esta mierda? Apenas puedo caminar, me cortan todo el tiempo, no puedo pasar un día sin mi mierda, hombre, soy un desastre".

"Ahora, a mí me han dicho cuál es el trato aquí". Estaba impaciente. "¿Crees que ellos quieren que andes por ahí así? Están experimentando con nuestros traseros, lo que hacen no está bien. ¿Cómo es que nadie más tiene brazos y piernas tan grandes como tú? ¿Y cómo es que nadie más tiene la piel de una chica blanca como la mía?"

Patch se subió la sudadera y le mostró su suave y preciosa sección media de color blanco marfil que iba desde debajo de los pechos hasta el ombligo. Su piel natural, que continuaba desde la caja torácica, seguía marcada de viruelas y costras. Combo alargó la mano para tocarle el vientre y ella le dio un manotazo, tirando de la camiseta hacia abajo.

"Ahora, él dijo que iba a darme esta piel por todo el cuerpo", insistió Patch. "Dijo que también lo va a hacer contigo. Vas a ser Superman cuando termine. Pero eso no significa que no podamos disfrutar mientras estemos aquí. Ahora, no te ha dado suficientes medicamentos para controlar tu dolor, y no volverá hasta mañana, y eso es un hecho. Puedes levantar el trasero y salir. Ve a esta dirección que te doy, y recoge algo de mierda y tráela de vuelta. Puedes conseguir lo suficiente para que tengamos nuestra propia reserva de la que él no tenga que enterarse. Entonces, lo que sea que él nos dé es todo fiesta, perro".

"Tratas de arruinarme para quedarte con todo". Combo se pasó la mano derecha por la cabeza encrespada. "Sé que no te importo nada".

"¡Hombre, te equivocas, amigo, te equivocas! ¿Quién ha cuidado de tu culo negro todos estos meses? ¡Te he alimentado con una cuchara como a un bebé! ¿Quién te ha cambiado las vendas, te ha puesto loción en el culo, te ha revisado los tubos y toda esa mierda? No te pongas a lloriquear conmigo, negro. Mira, ¿por qué no levantas el culo y te acercas a esa puerta... a ver qué pasa?"

Cadera-rodilla-pantorrilla. *Cadera-rodilla-pantorrilla.*

Hizo lo que le dijeron, y la pierna mecánica casi

catapultó el resto de su cuerpo fuera del diván médico. Ambos se sorprendieron por el repentino movimiento, y fueron las expresiones de sus rostros las que les ayudaron a entrar en razón.

"Muy bien, perro. Ahora, haz lo que te han dicho: enfócate, concéntrate. Ve hacia la puerta de allí. Puedes hacerlo".

Cadera-rodilla-pantorrilla.   *Cadera-rodilla-pantorrilla.*

La pierna robótica salió disparada hacia delante, empujando el resto de él hacia delante, de modo que pudo sentir un dolor desgarrador en la articulación de la cadera. Recordó que le habían dicho que equilibrara su peso para que fuera un movimiento natural, y su pierna izquierda se balanceó hacia delante por reflejo. Comenzó a tambalearse hacia delante y, tras una docena de pasos, estaba en el suelo y al pie de la escalera que conducía a la puerta de acero de la planta baja.

"¡Hombre, eso es una *mierda*, hermano!" Patch se quedó asombrada. "Vamos, ahora. ¡Sube los escalones, Combo! Puedes hacerlo".

Cadera-rodilla-pantorrilla.   *Cadera-rodilla-pantorrilla.*

La pierna robótica arrastraba todo el peso de su cuerpo hacia arriba, y el dolor de su cadera era insoportable. Subió las escaleras antes de darse cuenta, pero para cuando llegó solo podía apoyarse en la puerta, ya que la cabeza le daba vueltas y estaba casi semiinconsciente.

"¡Vamos, Combo! ¡Usa tu brazo! ¡Tienes que usar tu brazo!" escuchó a Patch gritando desde el fondo de los escalones.

"¡Está bien, está bien, aguanta!" Combo jadeó en agonía. "Dame un minuto. ¡Estoy hecho un lío aquí!"

De alguna manera, recordó lo que le dijeron sobre su espalda. Tenía que involucrar a su espalda. Si enviaba un impulso a su espalda primero, entonces las varillas del braguero soportarían el pesado movimiento de los miembros robóticos.

Espalda-hombro-codo-mano.

Ahora, estaba llegando a algún sitio. Podía sentir el mecanismo de su espalda que impulsaba el brazo, que se levantaba y le ayudaba a apoyarse en la puerta. También sintió el refuerzo de su pierna, y se dio cuenta de que eran las varillas de la espalda las que soportaban el movimiento de la extremidad.

"Bien, Combo. Esa cerradura no es una mierda. Abre esa puerta, y cuando vuelvas la cerraremos. Diremos que alguien intentaba entrar, pero escuchó ruidos y se fue".

Espalda-hombro-codo-mano.   *Espalda-hombro-codo-mano.*

Se sorprendió de cómo funcionaba el aparato dentro de su cuerpo, como una especie de grúa en una obra de construcción. Los dedos metálicos empezaron a excavar en el marco de la puerta mientras la espalda soportaba la fuerza neumática, y la pierna le servía de ancla y lo mantenía en su sitio. En cuestión de minutos, los dedos se habían introducido entre la puerta de acero y el marco metálico, abriéndola como una palanca mecánica.

"¡Lo hiciste, Combo! ¡Lo has conseguido!" cacareó Patch, subiendo la mitad de los escalones detrás de él. "Ahora, ve a la dirección que te indiqué y quítale algunas cosas a ese hombre. Arregla esa puerta para que quede bien, y yo espero aquí hasta que vuelvas. Si los médicos vuelven, les diré que alguien entró y que tú fuiste a buscar a la policía".

"Asegúrate de que me cubres las espaldas", dijo Combo con severidad.

"Perro, ¿acabas de hacer una mierda así y crees que alguien te va a fastidiar?"

Combo montó la pierna robótica para salir por la puerta, luego giró y levantó el brazo para forzar la puerta de nuevo en su marco. Sintió una emoción mezclada con aprensión mientras arrastraba los pies por el pasillo poco iluminado y mugriento, saliendo por la puerta y adentrándose en la noche.

CAPÍTULO CINCO

Combo recordaba cuando era pequeño, cuando él y sus amigos veían a los borrachos en la calle. Los seguían por detrás, burlándose del borracho y desafiándolo a que los atrapara. Se decía que lo que iba de un lado a otro, iba de un lado a otro, y ciertamente esta vez iba de un lado a otro. Había una docena de niños a su alrededor, imitando su forma de caminar, parecían un escuadrón de pequeños monstruos de Frankenstein marchando por la calle 137. No parecía algo fuera de lo común en la noche de Halloween, pero no por ello dejaba de ser inquietante.

Subió un par de cuadras hasta llegar al sótano de un mugriento edificio de viviendas. A estas alturas, su cadera derecha y su hombro izquierdo se sentían como si los apéndices robóticos estuvieran a punto de arrancarse de su cuerpo. Su espalda aguantaba bien, y si no fuera por las varillas del armazón, ya se habría desgarrado. Sin embargo, había forzado su cuerpo mucho más de lo que los médicos le habían pedido antes, y se dio cuenta de que le iba a costar mucho volver al laboratorio.

Entró tambaleándose en la zona y se detuvo a descansar. Los niños se cansaron de molestarle y decidieron hacer otra cosa. Se armó de energía y se dirigió a la puerta, levantando el brazo robótico para llamar a la verja de hierro que cerraba la entrada del vestíbulo bajo la escalinata. El golpe fue un martillazo, como esperaba, y esperó a ver si alguien respondía dentro.

La puerta interior se abrió con un chirrido y un anciano de baja estatura salió tambaleándose.

"¿Quién está ahí?"

"Mi nombre es Combo, soy un amigo de Patch. Me dijo que podrías ayudarme".

"¿Patch? ¿Para qué demonios te envía Patch aquí?"

"Dijo que me ayudarías. Estoy sufriendo, hermano".

"Ahora, tú, mi hermano". El anciano comenzó a abrir los múltiples pestillos de la puerta. "Hace casi un año que no sé nada de Patch, y ahora envía a alguien. De acuerdo, bien, entra".

Combo atravesó la puerta y entró en el oscuro pasillo que conducía al pequeño apartamento del sótano. Los muebles estaban desgastados y andrajosos, había pequeñas alfombras por todas partes y el lugar tenía ese olor a viejo. Se dio la vuelta y se dio cuenta de que el anciano era ciego mientras tanteaba el camino de vuelta a la sala de estar.

"Así que tienes una pierna falsa, ¿eh? ¿Ese es tu problema? Vamos, toma asiento".

"También tengo un brazo falso. Los médicos me pusieron estos artilugios robóticos. Salieron de la oficina, y Patch y yo nos quedamos sin medicinas. Estas dos cosas parecen estar a punto de desprenderse de mí".

"Seguramente te quedaste sin medicinas porque Patch se las metió". El anciano logró reírse mientras volvía a sentarse en su antiguo sillón. "Se quedó aquí un par de meses antes de que mi nieto la corriera. Él estaba en la cárcel cuando ella vino aquí. Salió y la echó, aunque le pedí que la ayudara si se la encontraba en la calle. Ella se portó bien conmigo, limpiaba por aquí, me hacía la comida. El único problema que tenía era que se metía con mis medicinas. La trabajadora social se metió conmigo porque pensaban que consumía demasiado".

"¿Quién te cuida ahora?"

"Ahora estoy bajo cuidados paliativos. Dicen que tengo cáncer, estoy de salida".

"Ahora salen con todo tipo de cosas". Combo se las arregló para sentarse en un sillón, de cara al viejo.

"Al final van a acabar con ese cáncer. Mírame, mira todas las cosas nuevas que están haciendo".

"Me temo que no puedo hacerlo", se rió. "Dime, ¿cómo te llamas? Me llaman Pop".

"Soy Combo. ¿Crees que puedes pasarme un par de pastillas para calmarme?"

"Sí, ven, te sacaré un par".

Se dio cuenta de que el mayor reto era levantarse y agacharse, como ponerse de pie y subir escaleras. Sentarse o moverse en línea recta no era un gran problema.

"He oído que tienes problemas para moverte, hermano. ¿Estás bien?"

"Es mi pierna. No me he movido mucho con ella".

"Está bien. Quédate ahí, yo las traeré".

Combo se sentó y observó cómo el anciano se levantaba, se dirigía a la nevera de la cocina y sacaba dos refrescos. Dejó uno en la mesa del televisor junto a su silla y acercó el otro a Combo, junto con dos hidrocodonas.

"Aquí vamos, hermano. ¿Te gusta el blues o el jazz?"

"Lo que te parezca bien". Combo le agradeció las pastillas y la bebida.

Abrió el refresco y se bebió las pastillas mientras Pop se dirigía a la pared más lejana y activaba su modesto equipo de música. Tenía cinta braille en los casetes y podía identificarlos así. Eligió un surtido de blues de Memphis, cuyo sonido se extendía suavemente por el salón. Estaba lo suficientemente alto como para proporcionar un telón de fondo para que pudieran mantener una conversación.

Al instante, a Combo le invadió una poderosa emoción. Se dio cuenta de que nadie le había tratado tan bien en mucho tiempo. Descontó a Patch porque ella se ganaba el alojamiento y la comida a cambio de lo que hacía. También se enteró esta noche de que ella misma era una paciente. Antes de que Django le presentara a los médicos, siempre estaba luchando por conseguir un lugar por la noche en el refugio para hombres, o un lugar decente bajo un puente, o en un callejón cuando no podía. Era un mundo duro y cruel, y todo el mundo buscaba sobrevivir ahí fuera. Ese ciego que le hacía sentirse como en casa le tocó un punto sensible en su corazón.

"Ahora somos amigos, ¿eh?", Combo logró una sonrisa.

"Se siente un poco solo cuando llegas a mi edad y no puedes ver bien para moverte. Los únicos que vienen con regularidad son la trabajadora social y el técnico del hospicio. Me gusta tener a alguien aquí de vez en cuando. Ven aquí cuando quieras".

Al cabo de un rato, las píldoras de hidrocodona empezaron a hacer efecto y a aliviar el dolor punzante y cortante de sus articulaciones. La música lo relajó, e incluso vio a Pop dormir en su sillón reclinable Laz-E-Boy. Sus propios ojos comenzaron a cerrarse y pronto cayó en un sueño profundo y relajante.

"¿Quién demonios eres tú? ¿Qué demonios haces aquí?"

Combo abrió los ojos y vio que la luz del sol entraba por las persianas venecianas de la ventana que daba a la calle. Había una mujer negra de mediana edad junto al reproductor de casetes, mirándole con malicia. Pop acababa de despertarse y, al igual que Combo, intentaba orientarse y comprender lo que estaba ocurriendo.

"Es un amigo de un amigo mío", consiguió decir Pop. "Está bien, solo vino de visita".

"¡Sabes que tu nieto dice que nadie debe estar aquí! No se supone que le abras la puerta a nadie por la noche", declaró y luego le espetó a Combo: "¡Será mejor que saques tu culo de esta casa si sabes lo que te conviene!"

"Muy bien". Combo consiguió que la pierna robótica lo levantara erguido, aunque la tensión en su cadera era tortuosa. "Pop, ¿crees que puedes darme algo antes de que me vaya?"

"¿De qué hablas, de drogas? ¿De eso se trata? Será mejor que saques tu culo de aquí antes de que venga la policía". La señora blandió un teléfono móvil.

"Ahora, Jemima, eso no será necesario", insistió Pop. "Solo se estaba yendo, ¿de acuerdo?"

Combo comenzó a alejarse del sofá, y el pequeño zumbido de sus articulaciones robóticas se oyó junto al repiqueteo de la bota metálica. Los ojos de la trabajadora del hospicio se abrieron de par en par, redondos como platillos, cuando Combo se dirigió a la salida.

"¿Qué demonios eres tú?" jadeó Jemima.

"¡Déjame en paz!" aulló Combo. Intentó abrir la puerta con la mano derecha, y al no poder abrir los cerrojos, el brazo izquierdo se extendió y arrancó la puerta de sus goznes.

Jemima marcó frenéticamente el 911 mientras Combo arrancaba la verja de hierro del exterior, abriéndose paso desde el apartamento del sótano.

Subió tambaleándose a la calle y la gente que caminaba por la acera se asombró al verlo. Llevaba puesto el abrigo verde del ejército, la camiseta y el traje de faena, pero había cortado las mangas de la camisa para poder deslizarla alrededor del brazo robótico. También había cortado el brazo del abrigo y la pernera del pantalón, y solo llevaba una bota, ya que no había forma de acomodar el pie robótico en forma de trineo. Como resultado, su ropa se agitaba a su alrededor mientras avanzaba, pareciendo casi como si hubiera sido empalado en un armazón robótico. La expresión de agonía en su rostro sirvió para invocar un sentimiento de horror que se hizo evidente en los rostros de todos los que encontró.

"¡Bien, amigo! ¡Quieto ahí!"

Oyó el estruendo de la sirena de emergencia junto a la acera y se congeló de inmediato, sin tener ninguna duda de que habían venido por él. Oyó el portazo de los coches cuando los policías rodearon un coche aparcado a cada lado. Esto era el este de Harlem, y no tenían reparos en sacar una pistola y apuntar a la cara de un hombre a plena luz del día. Solo el joven policía rubio que estaba ante él mantenía la mano en la culata de su revólver, mirando con asombro el espectáculo que tenía ante sí.

"Pon las manos en el capó del coche y date la vuelta", ordenó.

Combo hizo lo que le dijeron, y los dedos del brazo robótico rayaron el capó para consternación de los policías. Sacó los objetos de los bolsillos y los puso sobre el coche, y el policía que estaba detrás los inspeccionó a fondo.

"Michael Moorehead", leyó la desgastada tarjeta de la Seguridad Social y la del WIC. "¿Es aquí donde te alojas, en el Bowery?"

"No, señor".

"¿Dónde te alojas, Michael?"

"Estoy en un apartamento en la 137", dijo con cautela. Sabía que no debía renunciar al espacio del sótano de los médicos. Estaba impregnado de la ley de la selva, y cumpliría su condena antes de renunciar a los médicos.

"¿Irrumpiste en ese apartamento del sótano de allí?"

"No, señor. Fui a visitar al compañero allí".

"¿Cómo se llama?"

"Pop".

"¿Pop qué? ¿Cuál es su verdadero nombre? ¿De dónde lo conoces?"

"Solo lo conozco del barrio, es todo".

"¿De dónde sacaste ese brazo? La señora dijo que rompiste la puerta con esa cosa. Acabas de rayar el capó de este coche con él".

"Señor, me acabo de poner sobre este coche."

"Vamos a llevarte al centro, a hacerte algunas preguntas", le dijo el policía.

Intentaron esposar su brazo izquierdo, pero las esposas no cabían en la muñeca robótica. En su lugar, le esposaron un extremo a la muñeca derecha y el izquierdo a la trabilla del cinturón de ese lado del pantalón. No dudaban de que pudiera soltarse si lo deseaba, pero no dudarían en meterle una bala a un hombre así.

Una gran multitud se reunió cuando Combo fue introducido en el coche, y un chico salió corriendo hacia la calle 137. Hacía media hora que se había corrido la voz en el edificio y los que lo buscaban pronto sabrían dónde estaba.

No había pasado ni una hora cuando el oficial de la recepción se vio abordado por un joven bien vestido, aunque distraído, que se apresuró a llegar ante él.

"Sí, señor, ¿qué podemos hacer por usted?" El policía le miró de reojo.

"Hace un rato trajeron a alguien aquí, un Michael Moorehead", respondió.

Estaban en el Centro Correccional de Manhattan, en la calle Centre. Adam Rauch se había apresurado a salir en un taxi que le esperaba en cuanto le avisaron en el edificio donde estaba Combo. Volvió esa mañana y se encontró con que el laboratorio había caído en un estado de caos, pero tenía que ocuparse primero de lo primero. Llevar a Combo de vuelta al laboratorio era la máxima prioridad. "Es un paciente mío. Está bajo cuidados paliativos y se alejó de su lugar de residencia. Su cuidador informó de que había abandonado el lugar anoche. Ha sido sometido a múltiples cirugías y ha estado bajo fuerte medicación. Necesito que alguien lo entregue a mi cuidado inmediatamente. ¿De qué se le acusa?"

"Bueno, todavía no hay cargos". El oficial tocó su teclado para sacar la información. "Al parecer, el residente de la casa de piedra rojiza donde fue recogido no presentará cargos".

"Tengo que llevarlo a su residencia, su salud puede estar en peligro. Mire, yo puedo arreglar esto", insistió Adam. Sacó mil dólares en billetes de 100 dólares y los empujó por el escritorio, cubriéndolos bajo su mano. "Soy un médico autorizado en Bellevue, puedo llevarlo desde aquí. ¿Puedes tomar esto y hacer que lo traigan aquí?"

"¿Perdón?", preguntó rotundamente.

"¿Hay alguna multa o algo de lo que me pueda encargar aquí?" preguntó Adam con cautela.

"Señor, tiene que quitar ese dinero del escritorio y sentarse en ese banco junto a la pared hasta que traigan a su paciente aquí", explicó con severidad el oficial de la recepción.

Adam hizo lo que le dijeron, aunque al cabo de un par de minutos se acercó un policía y le pidió su número de licencia médica. Se retorció los pulgares, nervioso mientras se sentaba tenso hasta que, finalmente, vio a Combo abriéndose paso por la sala de espera, escoltado por un par de agentes y un oficial vestido de civil.

"¿Dr. Adam Rauch?", preguntó el hombre de civil al acercarse. "¿Podemos hablar?"

"Señor, este hombre está bajo estrictos cuidados médicos y tiene que ser devuelto a su lugar de atención en el hospicio inmediatamente".

"Soy el Dr. Nygma de la policía de Nueva York", se presentó el hombre negro. "Solo un par de preguntas rápidas. Nunca he visto un procedimiento como el que ha sufrido este hombre. ¿Se realizó en Bellevue?"

"Señor, estoy seguro de que es consciente de que hay cuestiones de HIPAA involucradas aquí que no estoy en libertad de discutir. También estoy seguro de que, a estas alturas, se da cuenta de que este hombre tiene mucho dolor y necesita ser devuelto a los cuidados paliativos lo antes posible."

"Solo quiero que sepas que haré un seguimiento de esto con Bellevue", recalcó Nygma con solemnidad.

"Tienes mi número de licencia". Se encogió de hombros mientras se alejaba para recoger a Combo.

"Doc, me duele", gimió Combo mientras se acercaba a Adam con todos los ojos del vestíbulo puestos en él.

"Estúpido hijo de puta, debería haberte dejado aquí", murmuró Adam. "Sígueme fuera de aquí. Hay un taxi esperando afuera".

"Lo siento de verdad, Doc, lo siento de verdad".

"¿Caminaste todo alrededor de esta instalación por tu cuenta, sin ayuda?"

"Sí, señor, lo hice".

"Muy bien, lo hablaremos en el laboratorio. Vamos".

～

"Entonces, ¿nos estás diciendo que no tenías ni idea de lo que este tipo podía hacer hasta que se escapó del sótano aquella noche?"

"En realidad no", intentó explicar Noah Birnbaum a la mañana siguiente en la sala de entrevistas.

Tommy y Orrin le confrontaron con los informes de detención del MCC para conocer su reacción. "Tengan en cuenta que las prótesis se nos presentaron como dispositivos beneficiosos. Nunca se planteó la cuestión de su capacidad para hacer daño. Supongamos que nos enteramos de que las prótesis tienen esa cualidad sobrehumana. Pensaríamos que sería un beneficio añadido para el paciente, suponiendo que se cayera por las escaleras o sufriera un accidente. Nunca nos habríamos cuestionado el aspecto moral, en cuanto a si las extremidades podrían utilizarse con fines ilegales".

"Así que estás tratando con un par de consumidores de crack en East Harlem, y nunca se te pasó por la cabeza". Tommy Jackson apoyaba su silla sobre las patas traseras, haciendo girar sus pulgares mientras Orrin Rampersad sorbía café en la esquina. "Ves, este es el problema que tengo aquí. Ustedes parecen un grupo de niños en el parque, como si tuvieran esos halos sobre sus cabezas, y yo tengo media docena de personas a las que *alguien* que se parece a ustedes les ha cortado los brazos y las piernas. Ahora, sigues echándole esto al Dr. Cyclops, que tiene que ser el cirujano más hábil en la historia de la medicina, haciendo toda esta mierda él solo. Dices que Adam les mostró el brazo y la forma en que funcionaba, luego se lo devolvió a Cyclops, quien hizo la cirugía y puso a Combo de nuevo al cuidado de Adam. Sin embargo, nadie tenía ni idea de lo que estas prótesis podían hacer hasta que Combo se escapó y fue recogido por la policía de Nueva York".

"Es como dije, solo nos quedamos con Adam por

el acuerdo que teníamos". Noah estaba exasperado. "Vimos estos notables avances que se estaban logrando. Desarrolló estas extremidades protésicas que funcionaban mediante la coordinación mente-nervios... tenía estos extraordinarios trasplantes de piel transgénicos en marcha. ¿Cómo crees que podríamos habernos alejado de él?"

"¡Así que fue Adam!" Tommy casi se echó a reír cuando Orrin se abalanzó sobre Noah, bramando con su acento de las Indias Occidentales: "¿Por qué estás arriesgando toda tu carrera aquí? Solo tienes que decir la verdad en el estrado de los testigos y saldrás con un expediente limpio".

"¡No fue solo Adam, te lo dije una y otra vez!" Noah golpeó suavemente el lado de su puño en la mesa. "¡Fue Cyclops! ¿De dónde crees que pudo haber obtenido esas prótesis? Cyclops debía tener alguna conexión en el extranjero a través de la cual conseguía esas extremidades robóticas. Tal vez él tenía un acuerdo con Adam. Tal vez Adam estaba haciendo los experimentos. No lo sé."

"De acuerdo". Tommy comenzó a garabatear en su cuaderno. "Ahora, estamos haciendo progresos. Así que, Adam está haciendo la experimentación con las extremidades".

"¡Yo no *he dicho* eso!" se lamentó Noah se. "Estás poniendo palabras en mi boca. Te he dicho que no he conocido a Cyclops. No tengo ni idea de cuál fue el acuerdo; todo lo que puedo decir es que sé que existe.

Si no, ninguno de nosotros podría haber conseguido las prótesis".

"Mira". Tommy lo miró fijamente. "¿Ves esas películas de policías todo el tiempo, sobre cómo te llevan al sótano bajo un foco de luz brillante con tipos que te gritan durante doce horas? Nosotros podemos hacer eso. Si quieres hacer de mí un imbécil, *podemos hacerlo*".

"¡Te estoy diciendo todo! No tengo ninguna razón para mentir. ¡Tengo una esposa e hijos, tengo una familia, tengo una carrera! ¿Crees que habría arriesgado todo si pensara que estábamos haciendo algo que podría haber llegado a esto?"

"No es lo que pensabas, Noah. Es lo que pasó", dijo Tommy con el ceño fruncido.

"No sé de qué otra manera explicártelo. Sabíamos que Combo salió porque había que reparar la puerta y la actitud de Patch cambió por completo, como si la hubieran reprendido por algo. Además, al poco tiempo él tenía el almacén y el área de refrigeración terminados. Nuestra mayor preocupación era que hubiera matado a su madre para hacerse con todo ese dinero, pero nos invitó a visitarla en Acción de Gracias y la encontramos de muy buen humor. Después de eso, todo fue hacer las cirugías de seguimiento a Combo y Patch. Nunca hubo una señal de alarma en ningún sitio, y si la hubo, Adam se encargó de solucionar los problemas".

Tommy y Orrin llamaron por fin al guardia y se

dirigieron de nuevo al aparcamiento en un silencio melancólico. Entraron en el coche de Tommy cuando éste se retiró, arrancando hacia el bar Manitoba.

"Sabes que puedo terminar con esta pequeña mierda". Tommy encendió un cigarrillo.

"También sabemos qué clase de dinero tiene esta gente". Orrin miró por la ventana. "Sus abogados harían que cualquier cosa que consiguieras fuera desechada en apelación. Todo el trabajo que hemos hecho se iría con él, junto con nuestras posibilidades de una bonificación o un ascenso".

"Maldita política". Tommy echó un chorro de humo por la ventana. "Cuando mi padre era policía, habría tenido una confesión firmada de esos cuatro tipos en media hora después del arresto. Los arrastraban al sótano, bing-bang-boom, caso cerrado".

"¿Eso era antes de que existieran los derechos Miranda?"

"Ah, que se joda esa mierda. No estamos jugando a ponerle la cola al burro aquí. Sabes que lo hicieron. Si estos tipos salen libres, sería la peor parodia de la justicia desde la mierda de OJ Simpson. Estamos jugando a vencer al reloj y estamos perdiendo".

"Alguien va a denunciar a Cyclops tarde o temprano, puedo sentirlo. Ese asunto de los Cuatro Mosqueteros se va a desmoronar en cualquier momento. Los cuatro no van a perder todo para proteger al culpable, especialmente Javits. Creo que él es el que fue mantenido a ciegas la mayor parte, y él va a ser el que se sienta como si lo estuvieran cagando".

"Entonces, ¿traes a Angie el sábado por la noche?"

"Sí, ya se lo he dicho. Voy a enviar a David a casa de mi hermana para el fin de semana. Él no se aguanta".

"Maureen va a enviar a las chicas a casa de su hermana. Será genial, podremos quedarnos hasta tarde".

"Angie está deseando conocerlos".

"Genial". Tommy aminoró la marcha cuando avistaron al Manitoba. "Podremos hacerlo con estilo antes de que Shreve nos cuelgue de las pelotas el lunes".

Aparcaron el coche y se dirigieron al salón, esperando que las cosas no estuvieran tan claras como empezaban a parecer.

CAPÍTULO SEIS

Adam Rauch fue avisado por uno de los perros de
que Django Tamsulosin estaba en un Cadillac
Brougham en la calle, esperándole. Ayudó a Combo a
salir del taxi y le dijo al conductor que le llamaría
cuando estuviera listo para ser recogido. Tuvo la
sensación de que no iba a acabar con esto pronto. No
tenía ni idea de que Django iba a venir, y vio cómo el
perro trotaba por la manzana para dar el visto bueno
a su amo.

Al cabo de quince minutos, Adam le había dado a
Combo algunos analgésicos y una acobardada Patch
le dijo que Django había enviado un par de perros
justo después de que Adam se fuera al MCC. Adam
ya le había leído a Patch el acta antidisturbios, pero
ella tenía más miedo de lo que Django tendría que

decirle. Sabía que las cosas estaban por ponerse difíciles ahora, y creía firmemente que la crisis siempre traía consigo las mejores oportunidades.

"Supongo que ya sabes que el anciano al que Combo fue a visitar era mi abuelo". Django encendió un cigarrillo mientras se sentaba en el sillón frente al modesto escritorio de Adam en la sala de estar.

Adam era consciente de que los dos perros andaban por el sótano, pero se calló. "No, en realidad, no lo sabía".

"Ahora, Django, no tenía ninguna intención de tratar de aprovecharme de Pop", se quejó Patch desde detrás de ellos, con las manos cruzadas como si estuviera rezando. "Solo pensé que podría ayudar a Combo, eso es todo..."

"Ves, ahora me importan un carajo los porqués". Django sacó una Colt 44 automática de una funda de hombro y apuntó a Patch. "Y no significa una mierda para mí si desperdicio a esta zorra de vientre blanco".

"Mira, esto no es necesario, por favor". Adam levantó una mano mientras Patch caía de rodillas, sollozando y suplicando por su vida.

"Ves, Doc, lo hago por ti y esto es lo que consigo". Django bajó finalmente la pistola y la enfundó. "Te cubro las espaldas en todo el barrio, y ese negro robot tuyo va a casa de mi abuelo. Te he hecho buenos tratos con tus drogas, y mira lo que consigo".

"Dijiste que me ibas a conseguir más voluntarios y que ibas a bajar los precios". Adam se aclaró la garganta. "No puedo avanzar tan rápido solo con ellos dos, teniendo en cuenta los progresos que estamos haciendo. Además, la cantidad que me está costando esto me está pasando factura".

"¿Solo mantienes los hábitos de dos negros y te quejas?"

"También me están dando caña con la penicilina y todos los demás productos que he pedido. No me quejo, Django. Has sido de gran ayuda aquí. Solo necesito un par de voluntarios más. Además, me vendría bien un descanso en los precios. Ya ves lo que está pasando aquí. Tenemos que hacer un montón de cirugías de seguimiento y está cortando nuestro suministro de analgésicos. Estoy seguro de que puedes apreciar lo que está sucediendo aquí. Estamos haciendo cosas aquí que no se han intentado en ningún otro lugar de la tierra. Aquí en *tu* territorio, Django".

"De acuerdo, Doc", se rio Django, soplando un anillo de humo hacia el techo. "No hace falta que me eches humo por el culo. Solo estoy tratando de hacerlo como todo el mundo. Intento ganar todo lo que puedo mientras estoy en la cima. Mira, te enviaré voluntarios. Pero no me preguntes cómo funciona y no rechaces a nadie. Te llamaré al móvil, y tienes que estar dispuesto a aceptar a tu voluntario aquí en tu laboratorio con una hora de antelación. ¿Te parece justo?"

"Muy bien". Adam exhaló lentamente, con el

pecho apretado y la mente acelerada. Imaginó que uno de los otros compañeros podría venir a reemplazarlo si se veía obligado a trabajar un turno de noche en Bellevue. Probablemente patearían y gritarían, pero ahora que la policía estaba involucrada, todos estarían presionados por la necesidad de mantener las cosas en movimiento lo más suavemente posible de aquí en adelante. "Lo tienes. Llámame y, si no puedo ir enseguida, haré los arreglos necesarios para que uno de mis socios venga a recibirte. Patch y Combo también estarán disponibles. Lo solucionaremos".

"Bien, tú lo haces por mí, yo lo hago por ti". Django le miró fijamente a los ojos. "No rechazas a nadie, los aceptas con una hora de antelación. Te bajaré el coste de la droga un veinte por ciento; ¿es justo?"

"Es muy justo. Apreciamos todo lo que haces por nosotros, lo sabes".

Django se levantó para estrechar la mano de Adam antes de marcharse. Ambos tuvieron la sensación de que el Diablo había entrado en el trato y se había unido al apretón de manos.

~

"Entonces, ¿tu historia es que estabas dopado todo el tiempo y no sabías lo que estaba pasando?" Tommy

Jackson golpeó ligeramente el escritorio con sus dedos cuando él y Orrin Rampersad volvieron al MCC.

"Es un hecho. Solo tienes que comprobarlo con Patch, ella te lo dirá".

Los dos detectives se maravillaron al ver a Combo, que parecía menos humano de lo que indicaban los informes policiales. Para entonces, los médicos habían construido un hombro artificial sobre el armazón, reforzado por una clavícula de acero de titanio. También habían construido una pelvis de acero que servía de punto de apoyo a todo el aparato. Parecía mucho más confiado de lo que esperaban, seguramente después de haber recibido la visita de la gente de Jerome Browne. Por lo visto, Browne había desarrollado una afinidad por Combo y haría todo lo posible por sacarlo del atolladero.

"Sabes, me gustaría señalar algo aquí". Tommy se recostó en su silla. "Si conseguimos que alguien -y me refiero a *cualquiera*- cambie su historia, vas a estar de pie junto a los doctores. Ese jugador de baloncesto no va a poder hacer una mierda para salvar tu culo. Se nos acaba el tiempo, el juicio empieza el lunes. O bien testificas para nosotros, o tiras los dados y esperas que nadie te delate".

"Hombre, ya te dije que me drogaron", insistió Combo. "Puedes ver con tus ojos lo que me hicieron. Cada vez que hacían algo nuevo, acababan haciendo cuatro veces más limpieza después. Hablaban de que esto no funcionaba, o que había que reajustarlo, o que había que volver a hacer esto otro. Me han salvado la vida, no hay duda, pero ¿cómo sigo adelante? ¿Y si los encierran? ¿Quién va a poder cuidar de mí?"

Había algo en Combo que no les gustaba a los detectives. Tenía mucha más confianza en sí mismo que el personaje descrito por todos los sospechosos, más que la ruina distraída que aparecía en el vídeo policial durante el interrogatorio preliminar. Sospechaban que parte de ello tenía que ver con el hecho de saber que podría haberle partido el cuello a cualquiera de ellos como una ramita, aunque le dispararían a la mierda en cuanto intentara escapar del MCC. Probablemente tenía más que ver con la conexión que había hecho con Jerome Browne. La estrella de la NBA había declarado públicamente que Combo le había salvado la vida, aunque probablemente lo hizo en el calor del momento. Aun así, era muy poco probable que dejara a Combo colgado junto a los médicos, si es que podía hacer algo al respecto.

También sabían que el abogado de Browne había hablado con el abogado de Combo, y que ambos se habían reunido con el propio Combo. No había duda de que iban a ir a un tribunal civil después de esto, independientemente de cómo resultara el juicio penal. Browne demandaría a los doctores por todo lo que tenían y más. Alguien, en algún lugar, tenía que presentar a Cyclops, no solo para evitar que los doctores pasaran la vida en la cárcel, sino también para evitar que tuvieran que vivir toda la vida al servicio de Jerome Browne, incluso si salían airosos de la condena.

"Así que sigues tratando de echarle la culpa a Patch". Orrin se acercó y se puso en la cara de Combo. Le habían cortado la manga izquierda y la pierna derecha de su traje naranja para acomodar los enormes apéndices. "Patch te hizo hacer esto, Patch te hizo decir aquello. ¿No crees que es difícil de creer que una pequeña zorra del crack como esa pueda obligarte a hacer cualquier cosa?"

"No lo entiendes. Empezó a presionar a los doctores después de que las cosas empezaran a ir mal en el laboratorio. Quería que terminaran el trabajo sobre ella, especialmente a Adam. Como él era el que pasaba más tiempo con nosotros, siempre le estaba dando lata. 'Oh, Doc, dijiste que ibas a hacer esto' y 'dijiste que ibas a hacer aquello'. Ya sabes cómo se ponen las mujeres. Además, empezó a insinuar que iba a salir a buscar una segunda opinión. No había manera de que él permitiera eso. Cuando las cosas se complicaron, dijo que iba a decirle a sus conexiones, y eso la hizo callar rápido.. Sin embargo, se podía decir que estaba en el fondo de su mente, el hecho de que ella podría delatarlo. Ella tenía cierta ventaja, pero tenía miedo de que sus conexiones le dieran por culo".

"No vas a admitir que Django Tamsulosin era su conexión, ¿verdad?" Orrin se quejó.

"No, he soportado demasiado dolor para seguir vivo todo este tiempo. No voy a arruinarlo, delatando a Django o a cualquier otro".

"Intenta con esto". Tommy le miró con los ojos entrecerrados. "Si Jerome Browne se entera de que has tenido algo que ver con este asunto y que has sido cómplice, va a ir a por ti con la misma fuerza que los doctores, quizá incluso más, porque ahora mismo confía en ti. En el momento en que su defensa del Dr. Cyclops se desmorone, ellos van a estar arañando y agarrando todo lo que puedan conseguir para frenar su caída. Son como cuatro patas en una mesa; una vez que cortamos una de ellas, las otras tres se derrumban".

"Solo dinos con quién crees que podemos hacer un trato", le indicó Orrin. "¿Qué te parece Noah? Era el más joven, era el niño del parque, era la seta. Lo alimentaron con mierda y lo mantuvieron a ciegas. No quiere ir a la cárcel el resto de su vida. Cree en Cyclops. Haz una declaración de que ayudaste a Noah en el laboratorio y se lo aplastaremos en la cara. Haces una declaración de que les ayudaste a poner ese brazo en Jerome Browne y sales libre. Te conseguiremos un acuerdo de protección de testigos. Estarás fuera de ese agujero de mierda de East Harlem por el resto de tu vida".

"¡Te dirán que Cyclops hizo todas las

operaciones!", exclamó Combo. "Él fue el que me cortó, hizo el trabajo de la piel de Patch, y cortó a Jerome Browne, y a todas esas mujeres de las que hablan".

"*Cuatro* mujeres, Combo", espetó Tommy. "Encontraron a *cuatro mujeres* en esa zona de postoperatorio, o como quieras llamarlo. ¿Me estás diciendo que nunca hicieron ruido, que nunca sospechaste de toda la comida y los suministros extra que entraban, que nada te dio una pista de que no eran solo tú y Patch en el laboratorio?"

"¡Tienes que hablar con ella, hombre, te lo sigo diciendo! Ella no estaba caminando por ahí, toda drogada. Ella estaba ayudándoles a hacer esto y aquello. Tal vez ese es el peso que tenía sobre ellos. Tal vez ella sospechaba algo y dejó caer pistas para que el doctor Adam hiciera lo que ella quería".

"Bien, ¿estamos llegando a alguna parte?" Tommy miró de un lado a otro entre Orrin y Combo. "¿Me estás diciendo algo? Si te estaba dando de comer y limpiando tu mierda, entonces tenía que estar ayudando con las mujeres. Acabas de decir que tal vez era el peso que ella tenía sobre él. ¿Alguna vez insinuó que las mujeres estaban allí? Vamos, Combo. Tuvo que haber algo con lo que ella se enfrentó a él la única vez que te hizo pensar que tenía algo además de toda esa piel blanca que le cosió".

"¡Hombre, te digo que no lo sé!"

"Háblame de Patch". Exhaló Tommy. "¿Cuánto

trabajo de sutura hizo? Había una chica negra, dos mulatas y una blanca que rescatamos de la habitación. Creo que les sacó algunos injertos de piel para ver si eran compatibles con su piel de cerdo híbrida. No habría seguido adelante con los trasplantes de piel si no hubiera investigado lo suficiente para saber que funcionaría. No hizo todo ese trabajo en un par de semanas, Combo. Dijiste que te escapaste del laboratorio la noche de Halloween. ¿Cuándo descubriste que Patch estaba recibiendo actualizaciones después de ese momento?"

"Te dije que no tenía ninguna forma de llevar la cuenta del tiempo. Lo único que tenía era ese reloj en la pared. No sabía los días, las semanas o los meses a menos que alguien mencionara algo. Mira, hombre, me convirtieron en un adicto a las píldoras. Después de que terminaron de cortar, todo lo que conocí era este dolor que quemaba y picaba alrededor de estas partes robóticas, como si mi cuerpo no quisiera que estuvieran allí. Eso es lo que dijeron, que mi cuerpo rechazaba esa mierda de robot. Me pusieron algo de esa piel transgénica, pero el problema eran los nervios,las venas y las arterias y toda esa mierda. El doctor Abe solía acercarse a hablar conmigo cuando venía algunas veces. Él era el que se especializaba en esas cosas".

"Bien, aquí vamos". Tommy hojeó el libro de composición en el que estaba garabateando sus notas. A Orrin le llamó la atención porque también estaba cubierto de dibujos animados y lo que parecía un grafiti. "Abe Javits era el cirujano de los nervios. Atando los cabo sueltos, tuvo que ser el que hizo la cirugía restauradora, después de que Adam hiciera el corte. ¿Estoy en lo cierto?"

"Amigo, quiero a mi abogado". Combo sacudió la cabeza con frustración. "No he dicho una mierda sobre Adam, y el doctor Abe es el último tipo al que traicionaría. Es una de las personas más agradables que he conocido. Dije que me hizo preguntas sobre cómo estaba, pero no sé quién hizo el corte porque estaba fuera de combate. Ahora, si vas a seguir intentando ponerme la zancadilla, tienes que llamar a mi abogado".

"Oye", gruñó Tommy. "El lunes es el Día del Trabajo, el juicio comienza el próximo martes. Hoy es miércoles, y he estado golpeando mi cabeza contra la pared tratando de darle sentido a esta cosa. Llevo dos días escuchando esa sarta de mierdas sobre un tal Dr. Cyclops que hizo de todo, desde convertirte en Comando Robot hasta volver a Patch casi blanca, pasando por rebanar y cortar en dados a cuatro chicas que nadie sabía que estaban ahí hasta el fin de semana pasado, y cortarle el brazo a Jerome Browne para convertirlo en el Hombre de los Cien Millones de Dólares. Ahora, ponte en mi lugar; ¿no te parece una gran mierda?".

"Quiero a mi abogado". Malhumorado, Combo

rascó un punto imaginario en la mesa con los dedos de la mano derecha.

"Escucha, cabrón. Si traigo a tu abogado aquí, no puedo hacer un trato porque no te dejará hablar. Habla ahora o calla para siempre en Attica. El fiscal tiene acusaciones selladas contra ti y Patch. No va a hacer ningún movimiento hasta que el juicio comience el martes. Si no puedo llegar a un acuerdo contigo o con Patch, pedirá juicios separados para los dos. Eso significa que el veredicto en el juicio de los médicos va a pender sobre ti como la espada de Damocles. Si los encuentran culpables, eso es un hecho, Jack. Eso te deja a ti y a los abogados de Patch tratando de probar que ustedes dos vivieron en ese sótano por más de un año y que nunca vieron a Jerome Browne, Geri Lindsay, o a las cuatro mujeres hasta que la mierda golpeó el ventilador la semana pasada".

"¡Nadie es tan estúpido, Combo!" Orrin se paró sobre él con los brazos en alto. "¡No sabes quién era el traficante, nunca viste a Cyclops, y nunca viste a seis personas a las que les cortaron los brazos en esa ratonera! Despierta, imbécil, ¡ibas a ir a la cárcel el resto de tu vida! ¡Puede que tengas un as con Jerome Browne, pero la gente de Geri Lindsay quiere verlos colgados por las pelotas! ¿Crees que te van a meter en Attica con esas extremidades tuyas totalmente funcionales? ¡Te enviarán a algún sitio y te los degradarán para que apenas puedas rascarte el culo con ellos!"

"No pueden quitarme el brazo y la pierna", replicó Combo. "Eso es un castigo cruel e inusual".

"No te van a meter en una de las cárceles más violentas del mundo con un brazo que podría aplastar el cráneo de otro preso de un solo golpe", razonó Tommy con él. "Usa tu cerebro. Te darán algún tipo de prótesis razonable, pero no te van a dejar entrar con un par de martillos neumáticos conectados. No has pensado en eso, ¿verdad?"

"No", admitió. "No, no lo he hecho".

"Tu abogado te dijo esa mierda de los castigos crueles e inusuales, ¿no?" Orrin caminó detrás de él, hablando con la cabeza encrespada encorvada contra los hombros imposibles y enormes. "Eso es lo que hacen esos abogados: te echan humo por el culo para poder ganar, ganar y ganar. Ya tienes que saber que le importas una mierda. Solo te está usando como otro titular para su álbum de recortes. Solo eres un peldaño, un punto culminante en su currículum. Si el trato se le va de las manos, sabe que esto irá a un tribunal de apelaciones, y lo más probable es que no tenga licencia para luchar allí. Se lo entregará a algún otro vago y, gane o pierda, saldrá limpio".

"Está pensando que esto va a parecer un caso inapelable desde todos los ángulos, y defenderte va a ser lo correcto". Tommy fue enfático. "El público lo ve como un benefactor de corazón sangrante después de esto, luchando en una guerra que no puede ganar por un lamentable perdedor como tú. Intentará todos los trucos bajo las mangas para librarte, pero todo será humo y espejos. Todo el mundo sabe que tiene que perder, y todo lo que recordarán es lo mucho que luchó para salvar tu culo. Te está utilizando, como Orrin está tratando de decirte. No tiene sentido que lo llames, porque no estaré aquí cuando aparezca".

"Este es el trato, campeón", insistió Orrin. "Si nos ayudas ahora, podemos conseguir un trato y hacer que el fiscal te negocie la libertad condicional y el programa de protección de testigos. Eso dejará a tu abogado fuera de la jugada, no podrá obligarte a nada más. Si sigues dándonos vueltas, el fiscal te juzgará por separado y dejará caer el peso del juicio de los médicos sobre ti. Dame cualquier cosa: el nombre del traficante, de uno de los médicos, incluso de Patch, y te vas".

"Pides algo que no tengo". Combo negó con la cabeza.

"De acuerdo", gruñó Tommy, poniéndose de pie mientras Orrin golpeaba la puerta de metal. "Nos vamos de aquí. Piensa bien lo que te he dicho. Tienes hasta el martes, cuando te vea en el tribunal. Si crees tener una oportunidad de bola de nieve en el infierno, trata de ver los periódicos, mira cómo pinta el panorama".

Combo se quedó mirando la puerta hasta que los guardias regresaron para llevarle a su celda. Sabía que no necesitaba un periódico para ver cómo estaba todo.

~

Recordó que fue una semana después de su excursión desde el laboratorio cuando el doctor Adam le dijo que necesitaría otra operación. Dijo que necesitaba un donante de sangre, pero que lo tendría resuelto en breve. Explicó que la razón por la que el cuerpo de Combo estaba soportando mal la tensión era porque las varillas del armazón no estaban absorbiendo tanta tensión como se esperaba.

"Simplemente no habíamos previsto lo fuerte que sería el brazo y la tensión que supondría para tu cuerpo", intentó explicar Adam mientras él y Combo se sentaban en la recepción.

Patch se hizo a un lado a petición de Adam, ocupándose de la cocina que él había instalado.

"Me imaginé que las varillas del armazón soportarían la carga, pero nunca planeé que atravesaras una puerta de acero".

"Doc, le juro por mi madre que nunca volveré a hacer algo así", dijo Combo con fervor. "No tenía ni idea del lío que se iba a armar por eso. Es que me dolía tanto..."

"Y como he dicho, puedo asegurarte de que nada de eso volverá a suceder". Adam se inclinó hacia delante, con una expresión de máxima sinceridad.

"Creo que ya te has dado cuenta de que al principio nos estábamos metiendo en camisa de once varas. Teníamos tantas ideas maravillosas, tantos sueños, pero no era posible conseguir el apoyo que necesitábamos para hacerlos realidad. Por eso vinimos aquí. Compartimos nuestras visiones con ustedes y con Patch, y pudimos hacer milagros. Solo nos faltaban algunos de los materiales que necesitábamos, pero ahora por fin estamos encontrando partidarios que aportan lo que necesitamos para que nuestra investigación siga adelante. Tenemos un suministro completo de medicamentos y deberíamos tener tu tipo de sangre en stock muy pronto. Estoy seguro de que podremos seguir adelante en un par de días".

"Hombre, sabes que haré cualquier cosa que me pidas". Combo le miró fijamente a los ojos. "Me has salvado la vida, no tengo ninguna duda. Sé que hay tipos con situaciones como la mía que están a dos metros bajo tierra ahora mismo. Pero esas operaciones me dejan muy adolorido. A veces, cuando se me pasa el efecto de las medicinas, siento como si alguien me hubiera abierto y dejado caer una bolsa de agujas al rojo vivo adentro de mí".

"Es como dije, Combo". Adam alcanzó un cuaderno y abrió una página marcada llena de diagramas médicos. "Había algunas cosas que no se podían prever. Verás, determinamos que el brazo robótico y las barras de refuerzo deberían haber sido capaces de sostener tu peso corporal completo de ciento setenta y cinco libras. Incluso hicimos ajustes para que pudiera soportar trescientas libras de tensión en una situación de emergencia. Simplemente no previmos un escenario en el que podrías haber aplicado más de quinientas libras de presión sobre esa puerta de acero. Esto puso una enorme tensión en la estructura de la parte superior de su cuerpo. Verás, ahora con el soporte de hombros que hemos diseñado..."

"Doc, estás sobrecargando mi pequeño *cerebro* con todo eso". Combo hizo una mueca cuando miró el material impreso. "Haz lo que tengas que hacer. Solo te ruego que tengas mis medicinas a mano para que no se me acaben, y que te asegures de que Patch tenga las suyas para que no tenga que tomar prestadas las mías. Ahora, no hay necesidad de meterse con ella por tomar mis provisiones. Es una mujer, y nadie puede esperar que maneje el dolor como un hombre".

"No te preocupes, Combo". Adam cerró el cuaderno y acarició el muslo izquierdo de Combo. "No volverá a ocurrir, te lo garantizo. Siempre tendrás suficiente, y hemos tomado medidas para asegurar que, en caso de emergencia, siempre habrá una entrega especial disponible. Descansa. Con suerte, podremos poner esto en marcha la semana que viene".

"De acuerdo, doctor". Combo se levantó y le

estrechó la mano. "Estaré listo. Que Dios te bendiga por lo que estás haciendo".

Adam le dio un par de pastillas de oxicodona antes de ir a la cocina para hablar con Patch. Combo estuvo allí más tiempo de lo que esperaba, pero finalmente Patch le acompañó a la escalera mientras se iba. Las pastillas acababan de empezar a hacer efecto cuando Patch se acercó.

"Entonces, ¿qué pasa, Iron Man? ¿Ahora vas a dejar a tus amigos?" Patch era una mocosa.

"¿Qué quieres decir, mujer? No les dije una mierda, sobre que tomaste mis píldoras, o que me convenciste de salir, o de ir a lo de Pop, o nada".

"Oh, ¿así que no dijiste nada sobre Pop? Entonces, ¿cómo diablos vino Django a meterse en mi mierda?"

"¡Mujer, debes estar alucinando! Me diste su dirección y me dijiste que le dijera que me enviabas tú. ¿Cómo demonios crees que Django nos ha localizado?"

"No importa todo eso. Déjame decirte algo: no solo está finalizando contigo, está planeando finalizar conmigo. Voy a salir de este lugar antes de que te des cuenta. Dejaré este lugar atrás y me iré a una nueva vida como una nueva mujer. Estaré tan lejos de aquí que no volverás a oír mi nombre".

"Sí, ¿te vas de East Harlem? ¡Y Mike Tyson va a ser el próximo presidente negro! ¿A dónde diablos vas a ir? Los médicos pueden convertirte en Beyonce y seguirás siendo tú. Llevas Harlem en la sangre, ¿a dónde diablos vas a ir?"

"Déjame mostrarte algo, algo grande". Patch se balanceó seductoramente hacia donde Combo estaba sentado en el sillón. Seguía pareciendo Whoopi, a pesar de que le habían sustituido todo el vientre de manera que cualquiera quisiera lamerle el sudor. Era como decía uno de los perros de Django, podías ponerle una bolsa en la cabeza a la perra y divertirte como nunca. El doctor Adam consiguió que Patch enseñara sus cosas a Django y a sus perros para que siguieran en su juego, y quedaran muy impresionados. Llamaban a Adam el hacedor de milagros, pero no importaba lo que vieran, no se podía comparar con esto.

Se dio la vuelta y le dio la espalda, y lentamente hizo un striptease a medias. Le recordaba a esas zorras del crack que tenían que salir a comerciar para conseguir su dosis, y se desnudaban para los perros para conseguirlo. Solo que cuando se quitó la camiseta y se bajó los pantalones, fue un espectáculo que él no podía creer.

La espalda de Patch, desde los omóplatos hasta la parte superior de los muslos, era tan perfecta como la de una nadadora olímpica nórdica. Su piel era perfecta, blanca como la nieve, y su culo estaba tan maduro como una calabaza en Acción de Gracias. Si no hubiera estado drogado, habría tenido una erección como un palo de granito. Sus enjutas piernas negras casi parecían medias de nylon negras bajo las mejillas de manzana, realzando la vista desde donde Combo estaba sentado. Dejó que sus ojos se impregnaran de la visión antes de volver a subirse el chándal y dirigirse a él con suficiencia.

"¿Así que *ahora* crees en los milagros, hombre de hojalata?", se burló. "Solo practican en tu trasero, pero se lucen en el mío. Me hacen los brazos y las piernas, me retocan la cara y soy una mujer nueva. Si te hacen más trabajos, y si te acercas a un aeropuerto, la policía enviará helicópteros por tu culo".

"Chica, ocúpate de tus asuntos y yo me ocuparé de los míos. Me importa una mierda si te ponen en *Playboy* o en un anuncio de comida para perros". Combo comenzó a cabecear.

"Sí, todo lo que vas a ser es un negro de chatarra", se burló antes de volver a su sofá cama junto a la cocina para ver su televisión de pantalla pequeña. "No te olvides de quién es la perra reina y quién es el negro de la casa por aquí. No eres más que un animal de laboratorio. No te llenes la cabeza de ideas, y no pienses nunca que puedes conseguir que se pongan de tu lado contra mí".

"Sí, claro", murmuró Combo, y en un par de minutos estaba profundamente dormido.

Cuando te drogabas con Oxys o cualquier otro estupefaciente, te tumbaba como un luchador universitario y te hacía una llave para que no pudieras volver a levantarte. Te quedabas abajo hasta que te soltaba, y Combo no volvía en sí hasta que lo soltaba al oír el ruido en la puerta del sótano.

"Tienen que ir todos a la parte de atrás". Un perro bajó corriendo los escalones y les ordenó seguir adelante. "Django y el Doc tienen algunos asuntos aquí arriba. ¡Vamos, muevan el culo!"

Patch se escabulló hacia la cocina y observó cómo otro perro bajaba y ayudaba a su compañero a poner en pie a Combo. Resoplaron hasta que Combo se puso en marcha, avanzando como un robot de juguete hasta el sofá cama, donde le ayudaron a bajar para tomar asiento. Le dijeron a Patch que tomara asiento, y se pusieron juntos para bloquear la vista mientras cuatro figuras bajaban los escalones y volvían al almacén sellado, llevando un objeto largo envuelto.

"Vale, tráiganlo aquí", oyeron decir al doctor Adam antes de que uno de los perros subiera el volumen del televisor. Vieron cómo se encendía la luz en la habitación trasera antes de que la puerta se cerrara tras ellos.

"Bien, ahora ya sabes el trato", advirtió Django a Adam mientras los perros arrojaban la bolsa para cadáveres sobre la mesa médica. "Esto se vuelve contra mí, y tú firmas tu propia sentencia de muerte".

"No hay necesidad de hacer amenazas aquí", dijo Adam en tono de protesta. "Sabes lo que está en juego aquí. Mi cuello se extiende justo al lado del tuyo aquí. ¿Estás seguro de que esto es un B-positivo?"

"Hice que un médico lo revisara antes de traerlo. Como te dije, está a punto de desaparecer. Vas a tomar lo que necesitas, será mejor que te pongas en ello antes de que se le apaguen las luces".

"Muy bien", dijo Adam, abriendo la bolsa y comprobando los signos vitales del negro mortalmente pálido. "¿Y estás seguro de que no se puede hacer nada por él?"

"Como dije, si sale de este edificio, tengo perros que le pondrán una tapa en el cráneo. Ese tipo me robó, preparó su propia ejecución. Solo lo dejé lo suficientemente vivo como para traerlo hasta aquí. Está de salida, así que será mejor que te pongas a hacer lo que vayas a hacer".

"De acuerdo, bien". Adam acercó su equipo y se puso un par de guantes de goma. "Me encargaré de ello a partir de ahora. Tal vez quieras darme unos días antes de enviar a alguien más".

"No hay nadie en mi lista de mierda ahora mismo, pero en este negocio nunca se sabe", sonrió Django, dando una palmadita en el hombro a Adam antes de que él y sus perros se marcharan.

El corazón del médico latía con fuerza al comenzar su trabajo. Sabía que estaba pasando el punto de no retorno, pero necesitaba desesperadamente la sangre -y los órganos- y cualquier otra cosa que valiera la pena cosechar. No dejaba de recordarse a sí mismo que se trataba de un hombre muerto, y que, si no lo estaba, pronto lo estaría, e incluso si Adam lograba salvarlo, estaría muerto en cuanto lo vieran en la calle. Era lo que era, y Adam solo podía cumplir su parte del trato con Django.

Introdujo las agujas en las venas del hombre y comenzó a drenar la sangre para la operación de mañana.

CAPÍTULO SIETE

"Hola, soy yo".

"Hola, cariño. ¿Cómo te va?"

"No es bueno. Estoy en el Manitoba con Orrin. Puede que se me haga tarde hoy".

"Oh, no. Sabes que hoy tengo las compras de Halloween para Lorraine. Necesitaba que recogieras mi vestido en la tintorería, algo de vino para el sábado por la noche y algunas otras cosas".

"¿Halloween? No estamos ni a mitad de septiembre".

"Sabes que tienen esa obra de teatro en la que están trabajando en el preescolar. Si vas a la tienda del dólar, tienen cosas muy chulas a la venta ahora mismo".

"¿Tienda del Dólar?" Tommy Jackson se quejó.

"¿Qué somos, de asistencia social? Si alguno de los chicos te ve allí, nunca escucharé el final".

"No me vengas con eso", reprendió Maureen. "El otro día vi a la mujer de Dwight Shreve en el Goodwill".

"¿Qué demonios estabas dejando en el Goodwill?"

"No estaba dejando nada, estaba buscando algo".

"Mira, eso es todo. Tenemos que hablar".

"¿Qué eres, un policía? Es un país libre, sabes. Puedo ir a comprar donde quiera".

"Mira, Mo, me estás haciendo parecer un maldito vago".

"Entonces, ¿a qué hora estarás en casa?"

"Con suerte, alrededor de las siete. Tenemos que ir a ver a Patch. Esta es nuestra última entrevista en el MCC, a menos que decidamos hablar con uno de los doctores de nuevo. Ya sabes cómo es. No sé si necesitaremos un trago después".

"No, nada de eso. Ven a casa y mamá te cuidará".

"Desentierra el pequeño negligé negro que te compré y me lo pensaré".

"¿Alguien te está escuchando?"

"¿Cómo crees? Me tengo que ir".

"Te quiero".

"Yo también".

Tommy volvió del baño y se acercó a la cabina donde Orrin estaba terminando su bebida.

"¿Estás listo?"

"Sí, vamos a golpearlo".

Saludaron a Handsome Dick cuando el propietario hizo una rara aparición vespertina en el salón, y se despidió de ellos con entusiasmo. Tommy siempre tuvo en cuenta el hecho de que, si él u Orrin alguna vez se levantaban y tenían una tarjeta de crédito del departamento para los almuerzos, el Manitoba sería el único beneficiario. Los socios subieron al coche de Tommy y se dirigieron de nuevo al MCC para la entrevista con Patch.

El guardia la hizo pasar y ella se sentó con mal humor en la mesa como si la hubieran sacado de la mitad de su telenovela favorita. Era más pequeña y fea de lo que esperaban, con el aspecto de alguien que estuviera en un centro de reinserción social o en un sanatorio, en lugar de una persona detenida como cómplice de múltiples cargos de violencia agravada. Tommy aceptó ocupar el puesto de pie para que Orrin pudiera pasar la sesión en la silla de metal frente a Patch.

"Eres más oscura de lo que esperaba", dijo Tommy desde la esquina para abrir la sesión.

"Sí, no todo el mundo llega a ser libre, blanco y de veintiún años".

"Entonces, ¿dónde pusieron los parches? He oído que te sientas en unas mejillas muy blancas".

"Bueno, eso no es de tu incumbencia, hablar de mis partes privadas".

"Creo que se va a discutir en los tribunales. Estoy

bastante seguro de que va a estar en todos los periódicos. He oído que te niegas a que te hagan una prueba de ADN para ver de dónde has sacado todos esos parches".

"Tienes razón. Solo estoy ejerciendo mis derechos constitucionales. Nadie va a ir a cortar y raspar mi trasero".

"Así que tú también estás en esto de los derechos constitucionales, ¿eh?" se burló Orrin. "Esa era la línea de mierda que Combo nos dirigía. Te digo lo mismo que le dijimos a él. Esos abogados tuyos de alto perfil solo están en esto por los titulares. Van a conseguir que te acojas a la Quinta Enmienda y a cualquier otra maldita cosa, y cuando el fiscal te hunda el culo con todas las pruebas circunstanciales, tu abogado te tirará debajo del autobús. No tiene licencia para presentar un caso en un tribunal de apelaciones. Cuando termina contigo, tiene su día en el sol, se va hacia el atardecer como un caballero de brillante armadura. Defendiendo a los débiles e indefensos sin una pata en la que apoyarse".

"Así que, lo tienes todo resuelto; entonces, ¿por qué demonios estás aquí, molestándome?"

"¿Por qué, tienes algo mejor que hacer?" sonrió Tommy.

"¿Mejor que estar sentada aquí siendo molestada por ti?"

"Estamos aquí para ofrecerte un trato y sacarte del apuro", gruñó Orrin. "Ahora mismo, te tienen como principal sospechosa por complicidad. Combo dice que estuvo drogado durante todo el año pasado, y cuando el jurado le eche un vistazo puede que lo acepte. Eso va a dejar todo el asunto justo en tu regazo. Esas dos personas que tus colegas descuartizaron son celebridades nacionales, por no hablar de las otras cuatro mujeres que quedaron desfiguradas. Te van a encerrar por el resto de tu vida. Juega con nosotros y te sacaré de aquí".

"Ya les dije que no tenía nada que ver con todo eso. Me contrataron como cuidadora, y ellos se encargaron de mi alojamiento y comida. Ustedes destrozaron el lugar, ya saben cómo se ve allí. Me encargaba de la zona exterior, no tenía acceso a la zona de atrás, donde todo eso que dices sucedió. No vi a ninguna persona, no conozco a ninguna persona. Dicen que, para derribarme, tienes que hacerlo más allá de la sombra de la duda. Bueno, creo que tienes todo tipo de sombras de duda aquí".

"¿No te encanta cuando la gente de la calle aprende todo lo que necesita saber sobre la ley?" Tommy se rió, metiendo las manos en los bolsillos mientras se acercaba a ella. "Ya tienen tus huellas y tu ADN por toda la escena del crimen. Tenemos tus huellas en los utensilios para comer, en el equipo médico, en los muebles, en todo. ¿Cómo va a ser capaz tu portavoz de convencer a un jurado de que no tenías ni idea de que había otras cuatro personas en ese sótano además de ti y de Combo? No me importa que estuvieran en estado vegetativo, todavía tenían que comer y beber y mear y cagar. Has vivido en el gueto toda tu vida. ¿Alguna vez has intentado convencer a un casero de que tenías dos personas en un apartamento cuando vivían seis?"

"Mira esto, genio. Sabes que había más gente que yo y Combo y los médicos entrando y saliendo de allí. Cada vez que entraba alguna de esas personas, Combo y yo éramos enviados a la parte trasera con el equipo. Sabes que él y yo estábamos allí para el tratamiento en primer lugar. También sabes que Combo estaba recibiendo un extenso tratamiento. ¿Cómo íbamos a saber si alguien estaba allí por lo que fuera? ¿Por qué íbamos a meter las narices en los asuntos de otros y ser expulsados y perder nuestro viaje? ¿Cómo diablos vamos a saber si tienen a alguien en rehabilitación ahí atrás y están encerrados? Estás hablando de un centro médico subterráneo en East Harlem. ¿Cómo sabemos que no están tratando de sacar a la gente de sus hábitos? ¿Cómo sabemos que no están haciendo otras cosas además de extremidades artificiales o injertos de piel?"

"Vaya". Orrin sacudió la cabeza. "Esa es una buena. No creo que hayamos pensado en eso. ¿Pensaste en eso?"

"No, en eso no". Tommy se dirigió a la pared del fondo y se colocó en la esquina más alejada, detrás de Patch. "Así que, ahora los médicos tenían una clínica de rehabilitación en marcha. Eso es otra cosa. Incluso con Django Tamsulosin entrando y saliendo regularmente".

"¿Quién es ese?"

"Mira, hay cosas que tenemos en marcha que puede que no aparezcan en el juzgado, pero van a aparecer en Attica en una noche lluviosa en una celda oscura cuando no tengas a dónde huir", ladró Tommy desde detrás de ella. "La comisaría 25 se puso en contacto con nosotros justo después de que tu equipo fuera abatido este fin de semana. Compartieron la información sobre la llegada de Combo y la recogida de Rauch. Como nadie presentó cargos ni se hizo ningún arresto, todo lo que tenemos es el informe de la patrulla y la declaración del oficial de guardia. Todavía lo sitúa en el apartamento del sótano de James Luckey la mañana del 1 de noviembre del año pasado. Nuestros informantes en la calle nos dicen que James Luckey es el abuelo de Darnell Luckey. Sabes quién es Darnell Luckey, ¿verdad?"

"En realidad no".

"Sí, sigue dándome vueltas. Nuestros informantes vieron a Django entrar y salir de la casa de piedra rojiza docenas de veces, desde el incidente. No creo que pasara por aquí para recordarles que no se metan con su abuelo. Creo que tenía asuntos con los médicos, y *sé* que ustedes saben que estuvo allí. Si mientes sobre eso en el estrado, te acusarán de perjurio. Eso te desacredita como testigo. Ni siquiera yo puedo salvarte después de eso".

"Como dije, nos pusieron en la parte de atrás cuando pasaron ciertas personas. Mira, ¿cómo es que no has delatado a ninguna de las personas de las que hablas? Si ya admitieron que estuvieron ahí abajo, entonces no tienes necesidad de pasar sobre mi trasero".

"Quizá se estén friendo en su propia sartén ahora mismo", dijo Tommy crípticamente. "Tal vez estamos dejando que se queden en la calle el tiempo suficiente para reunir más pruebas antes de acabar con ellos".

"Sabes que todas las mujeres que rescatamos del sótano eran putas de crack". Orrin se enfrentó a ella. "El ADN que estamos obteniendo de las partes del armario de la carne está siendo identificado como partes de cuerpos de delincuentes reincidentes. Estoy pensando que Django enviaba a la gente en un viaje de ida a la casa de piedra rojiza. Creo que entregaba a la gente a los médicos para que la procesaran. A la gente que estaba casi muerta se le extraían los fluidos y los órganos. La gente que estaba muerta era cortada para cualquier cosa. ¿Sabías que encontramos procesadores de comida en las instalaciones con rastros de carne humana? Esos bastardos enfermos alimentaban a los prisioneros con carne humana".

"No sé nada de esto, y no quiero oírlo. Esto es un

castigo cruel e inusual, y quiero que mi abogado esté presente antes de que esto se salga de control."

"Esa es la misma mierda que me dio Combo hace un rato. Estoy aquí para ofrecerte un trato. Si declaras que Combo sabía lo que estaba pasando, te libero de la cárcel y subo la temperatura de Combo. Si él sabe que lo delataste, se quebrantará. Admitirá que no había ningún Dr. Cyclops, entregará a Django, enviaremos a Tamsulosin y a los doctores a prisión, y tú y Combo saldrán impunes. Haré que la oficina del fiscal envíe a alguien para garantizarlo en una hora".

"Si no había ningún Dr. Cyclops, ¿entonces cómo conseguí que me reemplazaran la piel, y cómo consiguió Combo que le hicieran el brazo y la pierna? Sabes que los doctores son todos especialistas; no tenían la habilidad para hacer el trabajo que dices que hicieron".

"Sabes que Rauch te entrenó para decir eso, no me vengas con esa mierda". Orrin se inclinó sobre la mesa hacia ella. "Si estuviste dirigiendo todo el lugar durante más de un año y él realizó múltiples operaciones en ti y en Combo durante ese tiempo, tuviste que haberlo visto al menos una vez. Es imposible que conocieras a los cuatro médicos y que no hayas visto ni una sola vez a este tipo. Ningún jurado en su sano juicio se va a creer eso. Uno de los doctores hizo el trabajo e inventó a Cyclops como el hombre del saco, y mi apuesta es por Rauch. Ambos dicen que él fue el que dirigió la operación en nombre de los médicos. Los otros tipos no llegaron corriendo, instalaron un sistema mecánico en Combo, cosieron una nueva piel sobre la mitad de tu cuerpo, luego saltaron a un taxi y volvieron a trabajar en Bellevue como si nada hubiera pasado. Un mecánico de coches no podría funcionar así. Admite que fue Rauch y sales libre. Una vez que el juicio termine, sales por la puerta principal".

"Déjame preguntarte algo. Supongamos que encierras a los médicos de por vida. ¿Qué pasa conmigo y con Combo? ¿Quién va a terminar el trabajo? Mis brazos y piernas siguen estropeados. Me iban a blanquear la piel de la cara, como a Michael Jackson. Me iban a hacer parecer a Diana Ross. ¿Qué pasa ahora, me quedaré como un coche pintado de tres colores toda mi vida?"

"Ya saben que el Presidente y los expertos médicos de todo el mundo se han puesto en contacto con las víctimas. Pueden terminar de hacer el trabajo. Necesitan averiguar más sobre la transgénesis. Necesitan saber si se utilizó piel de cerdo en tus operaciones. Hay restricciones médicas contra el uso de partes de animales que no han sido aprobadas por la FDA".

"Rauch arriesgó tu vida al llevar a cabo esos experimentos, y eso es lo que eran, experimentos. Los utilizaron a ti y a Combo como conejillos de indias", le alegó Tommy. "No les debes una mierda. No son mejores que esos abogados tuyos. Los utilizaron a ti y a Combo para glorificarse, para demostrar sus teorías. Si alguno de los dos no hubiera sobrevivido a las operaciones, ¿qué te hace pensar que no los habrían descuartizado para conseguir piezas de recambio?"

"No voy a escuchar más esta mierda, no voy a hablar con ninguno de ustedes. Ustedes dos son los que intentan que mienta en el tribunal. Ustedes dos intentan que sea un perjuro. Intentan que confiese cosas de las que no sé nada".

"De acuerdo, aprovecha tu oportunidad". Tommy se dirigió a la puerta mientras Orrin se levantaba de su asiento. "Como le dije a Combo, tienes hasta el martes. El fiscal tiene una acusación sellada contra ustedes dos. Si juegas, testificas en contra de los culpables y sales libre. Si dejas que esta gente te manipule, te tome por tonta, estarás en la cárcel el resto de tu vida".

"El jurado ve lo que me pasó, escucha mi versión de la historia, sabe que hice lo que cualquier otra persona hubiera hecho. Tuve todo tipo de problemas de piel durante toda mi vida. Los médicos hicieron que mi piel fuera hermosa, me dieron una segunda oportunidad en la vida. Nadie rechazaría eso, y no creo que nadie me encarcele de por vida por ello".

"¿Qué pasa con Jerome Browne, y Geri Lindsay, y esas cuatro mujeres que rescatamos? ¿Qué pasa con sus oportunidades? ¿Quién les da una segunda oportunidad en la vida?"

Los detectives llamaron al guardia, y lo único que

podían esperar era que algo dentro del corazón y la mente de Patch hiciera clic antes de que fuera demasiado tarde.

Por la expresión de su cara, lo dudaban sinceramente.

~

Patch recordó cuándo por fin le permitieron entrar en la zona trasera. Era justo el día de Acción de Gracias, y supuso que los médicos les iban a dar un regalo navideño. El doctor Adam no la decepcionaría, pero había un asunto crítico que debía discutirse. También marcaría el punto de no retorno para ella, el momento en que se asomaría detrás de la cortina para contemplar el secreto de la máquina.

"Seguro que te has preguntado por todos los cambios que hemos hecho por aquí". Adam miró a su alrededor la cámara frigorífica de la izquierda, la sala más pequeña del centro y la sala grande de la derecha, todas ellas todavía cerradas. Esta estrecha sala tenía un surtido de equipos de laboratorio ordenados en estantes y carros alrededor de la habitación. Había una caja fuerte de metal junto a la puerta de la sala central, donde sabía que se guardaban las drogas. Justo al lado de la entrada había una mesa médica de acero con sujeciones fijadas a ella.

"Esto no se parece en nada al lugar con el que

empezaste, eso es seguro". Admiró todo el trabajo que se había hecho. Vio a los carpinteros que habían entrado y salido en las últimas semanas, muchos de los cuales reconoció del barrio. Sin duda, Django se había metido de lleno en este proyecto, prestando su influencia y sus recursos cuando era necesario.

"Aquí formas parte de una gran empresa, Patch, algo que cambiará la vida de millones de personas en todo el mundo".

Adam parecía expansivo. Siempre le impresionaba lo bien que vestía el hombre blanco, como su traje de diseño azul noche de 500 dólares, mientras que ella solía llevar su uniforme verde de laboratorio o el chándal negro que llevaba hoy. Algunas cosas nunca cambiaban.

"Esperemos que algún día, pronto, podamos revelar al mundo los milagros que hemos realizado aquí. Un día, podremos compartir con los discapacitados de todo el país los secretos de cómo no solo hemos salvado la vida de Combo, sino que le hemos transformado en un ser poderoso, capaz de cosas mucho más allá de lo que había soñado."

"Sí, señor, hay mucha gente aquí en Harlem que puede usar algo de lo que tiene".

"Tú misma serás una fuente de asombro en toda la nación, amiga mía". La miró a los ojos, haciendo que se sonrojara. "Las cirugías transgénicas de la piel que hemos realizado traerán esperanza y transformarán la vida de cientos de miles de personas. Las víctimas de quemaduras, los pacientes con cáncer de piel y los que sufren innumerables enfermedades cutáneas se beneficiarán de las maravillas que hemos creado aquí. ¿Te imaginas un día en *Buenos Días America?*".

"Es uno de mis programas favoritos", dijo con entusiasmo. "Sería maravilloso".

"Bien". Sacó un par de llaves del bolsillo de su chaqueta y se las entregó. "Estas son para la puerta de entrada y para esta taquilla. Nuestros medicamentos están en la caja fuerte. La combinación de la caja fuerte está en esa etiqueta. No quiero que le digas a Combo que tienes la llave o la combinación. Es mucho mejor que nunca le menciones la caja fuerte. No debes dejarle entrar en esta habitación. Hablaré con él de esto para que no haya malentendidos".

"No creo que dé problemas", le aseguró ella. "Suele estar bien después de que le doy sus medicinas. Sabes, nunca tuvo un lugar para ver la televisión, ninguno de nosotros lo hizo. Normalmente nos sentamos a ver programas cuando termino mis tareas. Además, siempre está hablando de la suerte que tiene de estar vivo. Dice que el dolor le recuerda que está vivo y que está agradecido de poder sentir cosas. Sé que le duele mucho algunos días, pero siempre le digo que el doctor Adam le cubre la espalda".

"Bien hecho, Patch," Adam sonrió suavemente. "Tengo algo más que mostrarte detrás de esa puerta central. Ahora, insisto en que tengas en cuenta que nuestro amigo Django ha hecho una seria inversión en nuestro proyecto, y está tan involucrado en esto como cualquiera de nosotros. Si algo -cualquier cosa- sobre este proyecto se hiciera público antes de tiempo, todos nosotros nos pondríamos en peligro. No te quepa la menor duda de que Django está detrás de esto; se encargaría de una amenaza así y acabaría con cualquiera que intentara hacer un movimiento contra él en la calle. ¿Entiendes esto, Patch?"

"Sí, señor, lo sé", respondió ella.

"Excelente", asintió satisfecho. Sacó otro juego de llaves de su bolsillo y abrió la puerta central, entrando para encender una luz fluorescente. Le hizo una seña para que se acercara y se hizo a un lado para que pudiera contemplar la habitación.

Un escalofrío recorrió su columna vertebral al ver la figura atada a la mesa del interior. Una mujer yacía inconsciente, con unas vendas para dormir sobre sus ojos. Tenía las muñecas sujetas a la mesa por los lados y una pierna igualmente sujeta. Patch pudo ver una gran cicatriz en el lado izquierdo de su frente. Parecía una mulata de piel color miel y figura atractiva, envuelta en una bata médica.

"Este es uno de los clientes de negocios de Django. Su nombre no es importante. Lo ha hecho enojar demasiadas veces y está marcada para la muerte. Has vivido en las calles de Harlem toda tu vida, sabes cómo son las cosas. Esta era una situación muy complicada, y había numerosas cuestiones que abordar. También había cosas que necesitábamos aquí en el laboratorio... desesperadamente para continuar con tus procedimientos y los de Combo. Para resumir la historia, nos vimos obligados a hacerle una lobotomía para restringir su memoria a largo plazo. Sirve para cortar sus conexiones inmediatas con Django, por así decirlo, así como para que acepte mejor su nueva situación. También tuvimos que quitarle la pierna derecha. Esperamos poder cosechar la piel de su pierna y posiblemente utilizarla para injertarla en tus propias piernas. Si funciona, podremos desarrollar una forma más híbrida del producto transgénico que sea más aceptable para la comunidad médica."

"¿Vas a darme su piel? ¿Acaso le preguntaste si estaba de acuerdo?"

"Ven, Patch". Adam la sacó de la habitación, apagó la luz y volvió a cerrar la puerta. "Ella renunció a la pierna, no había ninguna posibilidad de que la conservara. La piel estaba ahí para que la usáramos o nos deshiciéramos de ella. Ya me he preparado para comenzar el nuevo procedimiento. Tu próximo trasplante debería comenzar en una semana".

"Solo le pido una cosa, doctor". Patch bajó los ojos.

"Claro, ¿qué sería?"

"No me digas nunca de dónde sacas la piel. No

quiero ir por ahí el resto de mi vida sintiéndome culpable por su procedencia".

"Te lo prometo. También quiero decirte lo mucho que te admiro por eso".

Adam no tardó en salir de la habitación y de las instalaciones. Dejó a Patch llena de preguntas, y con el conocimiento de que ahora era portadora de secretos más allá de lo que jamás hubiera soñado. Además, si alguna vez se lo contaba a alguien...

...¿Quién podría creerle?

CAPÍTULO OCHO

A la mañana siguiente, Tommy Jackson y Orrin Rampersad se subieron a la autopista Brooklyn-Queens y tomaron la I-495 camino de Southampton, en el extremo oriental de Long Island. Habían concertado una entrevista con Geri Lindsay, la supermodelo que se había escapado de la casa de piedra rojiza de East Harlem hacía menos de dos semanas y había denunciado su secuestro a la policía de Nueva York. Desde entonces había sido operada en el Hospital Johns Hopkins de Baltimore, donde los cirujanos le colocaron una prótesis biónica enviada a Estados Unidos desde Berlín (Alemania), donde se desarrolló la pierna robótica. La operación se consideró un éxito, pero los ingenieros alemanes prometieron emular los avances de los "Doctores

Psicópatas de Harlem" y mejorar el prototipo de Geri en un futuro próximo.

Geri nació y se crio en Harlem, era mestiza de holandés y keniano, medía 1,70 metros y pesaba 140 libras, con una impresionante figura de reloj de arena. Tenía la piel de color miel, el pelo rubio oscuro y unos rasgos criollos que a muchos les recordaban a Lisa Marie Presley. Los detectives llegaron a su casa en la exclusiva zona de Water Mill, junto a la autopista de Montauk, no lejos de Mill Pond. Un guardia de seguridad los recibió en la puerta principal, donde avisó por radio a su equipo de la llegada. Aparcaron el coche en el aparcamiento exterior del complejo de garajes y fueron conducidos en un carrito de golf pasando la playa en miniatura y las cascadas cercanas a la piscina de gunita, donde Geri les esperaba.

"Tengo que reconocerlo. Si consigo pasar la guardia de las Puertas del Paraíso, no puedo imaginarme que sea mejor que esto". Tommy sonrió después de hacer las presentaciones, acompañando a Geri al bar exterior, cerca de la piscina, de la mansión de seis millones de dólares.

Tras el incidente, la seguridad en la propiedad fue muy estricta una vez que Geri regresó a casa. Dos guardias con un perro de ataque se sentaron en una mesa frente a la piscina mientras Geri les servía bebidas.

"Está bien". Arrugó la nariz.

En Internet se decía que nunca había perdido su encanto de niña, incluso después de triunfar en la industria de la moda. La fama no había cambiado mucho en ella, y eso podría haber sido su perdición. Seguía teniendo una gran atracción por la cocaína y eso fue lo que la llevó de nuevo al barrio, donde cayó en la red de los Doctores Psicópatas.

"Estoy intentando volver a la normalidad. Mi pierna no está tan bien como la de ese tipo Combo, pero me dicen que vendrán cosas mejores".

Estaban sentados en los taburetes de la barra tomando margaritas, y los chicos se maravillaron cuando Geri dio una patada al estilo Rockette con su extremidad quirúrgica. Le habían instalado un teclado en la cadera que le permitía controlar la pierna. Por desgracia, tenía mucho tiempo para sentarse y acostumbrarse a teclear los comandos. La felicitaron por sus progresos y su espíritu, y ella les dio las gracias, aunque había una mirada en sus ojos que les perseguiría durante mucho tiempo. Era la mirada de un dolor inconsolable, del tipo que solo puede tener alguien que ha experimentado una pérdida así.

"Todavía estamos tratando de convencer a ese tipo, Combo", admitió Orrin con desazón. "Hemos estado haciéndoles ofertas a él y a Patch, pero hasta ahora no han accedido. Hemos revisado las cintas de sus entrevistas varias veces, pero queríamos reunirnos con usted para ver si recordaba algo que pudiéramos utilizar como palanca contra esos dos. El fiscal no quiere jugar sus cartas hasta que comience el juicio, pero no va a tener más que lo que tenemos hasta ahora, a menos que podamos hacer rodar a alguno de ellos".

"Dijiste que estabas en el barrio visitando a viejos amigos cuando te secuestraron". Tommy buscó en su rostro. "No quiero dar palos de ciego, pero este asunto tiene a Django Tamsulosin escrito por todas partes. Tenemos un informe policial del año pasado que engancha a Django y a Combo durante un incidente que investigamos. Tenemos informantes que confirmaron haber visto a Django en la calle 137 y en la casa de piedra rojiza más de un par de veces este año. Todo el mundo sabe que ese es el territorio de Django. Es difícil entender cómo Django no podía saber que estabas en el barrio sin venir a saludar".

"Lo siento, pero ya le dije a la policía que nunca vi a Django esa noche y que no tengo ninguna relación personal con él". Fue cortante. "Espero que no hayan venido hasta aquí solo para ver si voy a cambiar mi historia".

"No, no, solo estoy pensando en voz alta". Tommy levantó la mano antes de sacar un paquete de Camels. "¿Te importa?"

"En absoluto", sonrió solemnemente, mostrando su paquete de Newports. "¿Tienes fuego?"

"Así que, por lo que sabemos, las víctimas fueron todas secuestradas con un mes de diferencia", señaló

Orrin después de obtener el permiso de Geri para instalar su grabadora. "Tuviste suerte, fuiste la última a la que recogieron".

"¿Suerte? ¿Llamas a esto *suerte?*"

"Sabes, tal vez deberíamos volver a Manhattan y empezar de nuevo". Tommy negó con la cabeza.

"No, está bien, estoy bien". Dio una profunda calada a su cigarrillo. "Todavía estoy... ya sabes, reconstruyendo todo, tratando de continuar donde lo dejé".

"Lo entendemos, y te agradecemos que nos dejes venir aquí", respondió Tommy. "No te habríamos molestado si no pensaríamos que tal vez todo el trauma podría haber hecho que los oficiales pasaran por alto algo que podría haber sido útil".

"Entonces, dices que fue el olvido de Patch de darte tu medicina lo que te dio esa ventana, ese momento de claridad que te ayudó a hacer tu escape". Orrin miró las notas en su libreta.

"No, no he dicho que fuera Patch", dijo pacientemente. "Podría haber sido, pero no podría asegurarlo. La vi allí cuando todo estaba sucediendo, pero me tenían tan dopada que ni siquiera sabía que me habían quitado la pierna hasta ese momento. Fue como cuando estás teniendo un sueño, y sueñas que te has despertado, pero todavía estás dormido. Veía todo a través de una niebla, y al principio pensé que mi pierna estaba dormida o que me habían dado una inyección. Cuando me di cuenta de que la pierna había desaparecido, entré en negación y eso me hizo salir de allí. Podía oír todo el ruido y sabía que no estaba en un hospital. Algo en mi interior me decía que mi vida dependía de salir de allí. Recuerdo haberme caído y empecé a arrastrarme hasta la puerta. Conseguí salir y vi la escalera, y de alguna manera me arrastré por los peldaños mientras todo sucedía".

"Llegaste a la calle y la gente de afuera llamó a la policía". Tommy se mostró pensativo. "Volviendo a cuando te secuestraron, dijiste que era el cumpleaños de un amigo y que los tres estaban de fiesta, junto con tu guardaespaldas. Ahora bien, desde entonces, las tres personas que estaban contigo en ese momento han desaparecido. Tus amigas se fueron de la ciudad y tu guardaespaldas simplemente renunció. Hay mucha gente en el departamento de policía que cree que Django tuvo mucho que ver con eso".

"Oye, yo me crie en Harlem y sé que Django no es Frank Lucas", recalcó Geri. "Sé que mucha gente quiere verle caer, pero no voy a verle arder porque haya dicho algo de lo que no estoy segura. Como dije, hasta donde yo sé, él no tuvo nada que ver con nada. Creo que quizás mis amigas y Lefty se fueron de la ciudad por toda la publicidad. Sabes que los noticieros salieron a decir que ellos fueron los que me tendieron la trampa. ¿Los culparías por irse de la ciudad después de que cosas así estén en los puestos de todos los supermercados de Nueva York?"

"Tienes toda la razón", se encogió Orrin. "Ahora bien, los tres dijeron que subiste a Harlem a eso de las tres de la mañana después de salir de un club. Todos admitieron que fuiste hasta allí para ver si podías fumar un poco. Reconociste a algunas personas que conocías y fuiste a saludar. Lefty se quedó en el coche a petición tuya para que no viniera la policía a multarlos por estar cerca de un hidrante. Tú y tus dos amigas empezaron a mezclarse con la gente y, de repente, desapareciste".

"Como he dicho, creo que me dieron un poco de Rohypnol o algo así, porque me apagué como una luz. Después estuve entrando y saliendo según lo que me dijeron después, por más de un mes. Sé que tenía tubos en los brazos, que me tenían conectada a catéteres y que me alimentaban con una pajita la mayor parte del tiempo. Recuerdo que de vez en cuando me daban hamburguesas y patatas fritas, pero estaba tan mal que no podía dar cuenta si estaba soñando o no. Dijeron que perdí seis kilos mientras estuve secuestrada, y no es que me sobrara mucho en primer lugar".

"Supongo que has leído las historias sobre cómo estaban construyendo una especie de ciborg allí abajo", dijo Tommy.

"Pensé que era algo más de la prensa sensacionalista, pero los policías me preguntaron si había visto algo así. Les dije que estaba muy borracha. ¿Alguna vez te has emborrachado de verdad, como cuando fuiste al baño y te measte en el suelo? Piensa como sería estar el doble de borracho".

"He visitado a amigos que acaban de salir de una operación, sé cómo es", asintió Orrin. "Me preguntaba, ahora que lo mencionas. Sabías que te estaban dando de comer hamburguesas y patatas fritas. ¿No notaste nada? Como, ¿Si llevaba guantes, o te puso la comida en la boca, te ayudó a ponerle algún condimento, o algo así?"

"No, te dije que no puedo recordar todo. Ya sabes, fue como dije, fue como un sueño. Debes saber lo difícil que es recordar tus sueños, incluso media hora después de despertarte".

"Pero sabías que eran hamburguesas y patatas fritas, no eran perros calientes. Después de estar con líquidos todo ese tiempo, debe haber impactado en tus papilas gustativas, como mínimo", sondeó Orrin. "Vamos a tratar con esto. ¿Recuerdas lo que era pasar por Mickey D's en coche cuando no tenías chóferes? Es un dolor de cabeza. Las patatas fritas se caen del soporte, la salsa gotea, y todo eso. ¿Qué hizo, dejó que la mierda goteara sobre ti? Los tipos del juicio son cirujanos profesionales. Se habrían puesto como locos si ella hubiera dejado que la mierda goteara por todas partes".

"No, ella fue muy profesional", insistió Geri. "Ella..."

"¿Qué hizo?" preguntó Tommy, mirándola atentamente. "¿Tenía una servilleta? ¿Tenía un plato debajo de tu barbilla? ¿Te habló en algún momento, ya sabes, trató de animarte?"

"Hey, chicos". Geri se enfadó de repente. "Odio ser una perra, pero tengo demasiadas cosas que hacer para estar jugando con estos juegos de palabras. Siento que hayan tenido que conducir hasta aquí para nada, pero no puedo ayudarlos con lo que buscan".

"Patch", continuó Tommy, sin querer rendirse. "¿Por qué intentas proteger a Patch? Si intentó ayudarte y tuviéramos tu palabra, eso podría ser suficiente para que se convirtiera en testigo del Estado. Podría identificar al médico que te dejó lisiada".

"Lo siento, chicos". Lindsay pulsó unos botones en su cadera y se levantó de su asiento, haciendo señas a sus guardias, que obedientemente se dirigieron a la piscina.

"Nosotros somos los que lamentamos haberte quitado el tiempo", gruñó Orrin cuando se bajaron de sus taburetes.

Los detectives siguieron al guardia con el perro mientras el otro se deslizaba detrás de ellos.

"Hey, chicos", dijo Geri justo antes de que se marcharan.

"¿Geri?" respondió Tommy cuando los guardias se detuvieron.

"Ya saben cómo es el modelaje. Aumentas de peso, tienes un hijo, tienes un accidente, y todo se acaba, y todos lo sabemos. Jerome Browne tenía toda su carrera por delante. Quiere vengarse de esto incluso más que yo. Piensa en lo que pasaría si alguien hiciera un trato para sacar a uno de los médicos bajo fianza y se fuera del país. Deberías darte cuenta de que nadie va a decir nada hasta que empiece el juicio, si *es* que hay un juicio".

"Tienes razón", respondió Tommy mientras se despedían.

Los detectives volvieron a su vehículo con mal humor, seguidos de mala gana por los guardias, que obviamente no querían ningún problema. Los socios sabían que los pobres imbéciles solo estaban haciendo su trabajo y prefirieron no ponerse a gritar con ellos. Tommy sacó el coche por la puerta y pronto estuvieron de vuelta en la autopista. De repente, se puso a buscar a tientas su teléfono móvil.

"¿Olvidaste llamar a Maureen?"

"Mierda, no, algo se me acaba de ocurrir. Necesito consultar con Ty Willard".

"¿Qué? ¿Crees que los doctores están planeando una fuga?"

"¿Hola, Ty?"

"Sí". Orrin podía oír su voz en el teléfono móvil mientras tenían las ventanas subidas.

"Es Jackson. Estamos volviendo a la ciudad; Geri Lindsay nos ha dado largas. Escucha, ¿quieres hablar con el fiscal y decirle que se asegure de que nadie haga un trato para sacar a los doctores bajo fianza?

Además, debes asegurarte de que permanezcan en aislamiento y no los pongan en población. Tengo la sensación de que Jerome Browne puede estar planeando mantener a estos tipos en el MCC, de una manera u otra".

"El Jefe y yo estamos más preocupados porque Django haga una jugada sobre ellos", respondió Willard. "Esos tipos no van a ir a ninguna parte, puedes estar seguro de ello. ¿No recuerdas que el Presidente dio una declaración sobre el caso? No hay manera de que salgan bajo fianza, y no vamos a dejar que nadie se acerque a ellos".

"Suena bien. Pasaremos en un par de horas".

"Entonces, ¿qué, crees que Browne les pueda hacer algo?" Orrin gruñó, ligeramente molesto porque Tommy llamara sin pedir información.

"Le pusiste una trampa, prácticamente nos dijo que sabía que Patch la estaba cuidando", insistió Tommy. "Ella sabe dónde están esas amigas suyas, y sabe dónde está su guardaespaldas. Todos ellos están juntos en esto. Nadie está ayudando porque no quieren que los doctores vayan a ninguna parte. La escuchaste decir "si" hay un juicio. Si alguno de esos tipos sale bajo fianza de alguna manera, los matarán antes de que lleguen a una milla de un aeropuerto".

"¿Crees que Jerome Browne quiere tanto la venganza?"

"Ya la has oído, Rampersad. Le robaron su carrera, le quitaron la vida. El tipo tiene que estar sentado en una fortuna, incluso si nunca jugara otro partido en su vida. ¿Crees que no pondría una buena cantidad de dinero para vengarse? Además, supongamos que Ty y el jefe tienen razón en su apuesta sobre Django. Tiene que estar sentado en las brasas ahora mismo. Ha estado en la cima de la montaña demasiado tiempo. Narcóticos quiere ver algunas caras nuevas en el campo, y él lo sabe. Si Patch o Combo lo delatan, se irá por un largo tiempo. No importa cómo sea, nadie va a cooperar con nosotros. Solo nos queda Browne. Saldremos mañana y averiguaremos si es él quien planea dar un golpe".

"Me parece bien. De cualquier manera, tendremos el fin de semana del Día del Trabajo para pensarlo".

"Lo mismo hará todo el mundo".

Cuando los detectives se marcharon, Geri Lindsay se tragó dos oxicodonas y se dirigió a su sillón junto a la piscina, contemplando el cielo soleado hasta que se durmió, como solía hacer. Allí revivía una y otra vez el horror de su secuestro, fantaseaba con las opciones que tenía a su alcance y pensaba seriamente en lo que haría antes de quedarse dormida.

Cuando miró atrás por milésima vez, vio claramente que se había convertido en un choque de egos entre ella y Django Tamsulosin. Se sentía continuamente atraída por el barrio como una polilla a la llama, incapaz de poner fin a los recuerdos e inseguridades que le desgarraban el alma y perseguían sus sueños. Él era la última figura de autoridad en los límites cada vez más amplios de su mundo, aún no se había atravesado en su camino. Cuando finalmente lo hizo, la llevó a esto.

Todo empezó con la paranoia de la propia industria. Todos en el camerino sabían que su próximo espectáculo podía ser su canto del cisne. Geri leyó en la prensa sensacionalista y en Internet que sus tetas eran demasiado grandes, que sus ojos eran demasiado pequeños y redondos, que su larga cabellera rubia no soportaría el procesamiento constante, y cualquier otra cosa que pudieran encontrar para atropellarla. La única manera de recargar las pilas y tranquilizarse era volver a East Harlem y disfrutar de la adulación de sus viejos amigos. Aparecía en la acera después de que los clubes cerraran en mitad de la noche, haciendo que todo el mundo se reuniera alrededor de su limusina o de su lujoso coche para una fiesta improvisada. La gente de la calle la adoraba como a una diosa, y sus amigos se levantaban de sus camas por la conmoción que se producía al reunirse para rendir homenaje a la deidad que regresaba a casa.

Una noche, el Cadillac Brougham de Django estaba aparcado a una cuadra de distancia de donde ella llegaba mientras él hacía una llamada de negocios. Había estado arreglando penosamente las cosas con un concesionario de nivel medio que pagaba poco y estaba de mal humor cuando se dio cuenta de que Geri y su séquito estaban en la calle. Se enteró de que ella había estado haciendo apariciones a deshora en el barrio y pensó que podría aligerar su estado de ánimo hablando con ella.

"Oye, mira eso, si no es la propia Geri Lindsay". Django se acercó, rodeado de cuatro perros, ante Geri y una docena de admiradores. Ella había llegado en una limusina y había repartido botellas de la barra de refrescos para que todos estuvieran un poco achispados. "Vestida de lo mejor y conquistando la ciudad. No sabes lo bien que me hace sentir ver a una de nuestras chicas de casa lográndolo por fin. Ven aquí y dame un abrazo".

El problema de volver al barrio es que, aunque el residente ha evolucionado, el barrio sigue siendo el mismo. Otro problema era que Django se había dedicado al proxenetismo como una de sus lucrativas actividades secundarias que venían con el territorio. Cuando se producía una disputa territorial y Django ordenaba que eliminaran a un chulo, sus putas callejeras estaban en juego y acababan trabajando para Django como resultado. Estaba tan acostumbrado a trabajar con las putas y los chavales que a veces perdía la noción de lo que estaba haciendo. Como resultado, abrazó a Geri lo suficientemente fuerte como para apretar sus deliciosos melones contra su pecho, y agarró un buen trozo de su culo a través de su sedoso vestido de noche.

"Oye, tranquilízate, quita las manos de la mercancía". Geri no pudo disimular su irritación.

"Vamos, nena, no te hagas la importante conmigo", sonrió Django mientras se alejaba para servirse otro trago de una botella de champán cercana. "Hombre, me acuerdo de cuando ibas por primera vez a la escuela primaria por aquí. Tenías ese pelo rizado, esas tetas de panqueque, esos ojitos verdes y esos grandes labios rojos, los brazos flacos y las piernas altas. Su mamá hacía lo mejor que podía, pero no podía evitar andar como Raggedy Ann".

Los parásitos empezaron a reírse y a hacer muecas, sin darse cuenta de que habían tocado una fibra sensible mientras los ojos de Geri ardían de ira.

"Así es como solían llamarla". Django extendió una mano, matizando su anécdota. "Raggedy Ann. Era duro en aquellos días. Cuando sus primas le donaban su ropa usada a Geri, no eran más que harapos. Seguro que has recorrido un largo camino. Por ti, Geri".

"Ya no es Raggedy Ann, Django, es Geri Lindsay. Sé que no vas mucho por ahí estos días, pero he pasado de los harapos a la riqueza, y no es por vender crack".

"Oye, pequeña, no te hagas la importante conmigo". La sonrisa de Django se desvaneció un poco. "Te he visto aquí, en mi terreno, y solo he pasado a saludar. Veo que la gente se reúne en mi cuadra y me gusta ver qué hay. Me alegro de verte de nuevo, Geri".

"No hay problema, Django", resopló Geri, y luego se volvió hacia su chófer, que la observaba atentamente desde la ventanilla de la limusina. "Vamos, Lefty, tengo una sesión de fotos en unas horas".

"Siempre será Raggedy Ann", dijo a sus perros mientras se daba la vuelta, y su voz se dirigió a Geri, que aún podía oírlo.

"Sí, vuelve a vender tu crack", murmuró mientras se dirigía de nuevo al interior de la limusina.

Pareció detenerse durante una fracción de segundo, pero no se volvió, y continuó su camino hacia su Cadillac.

Ella se dio cuenta de que se había excedido aquella noche, pero no pensó en ello en ese momento. Si él hubiera querido hacer un problema, pensó que se habría dado la vuelta y le habría llamado la atención allí mismo. No volvió a verlo después de aquello, aunque apostaría su vida a que estuvo allí la noche en que la secuestraron.

Ella había vuelto al barrio tres veces después de su encuentro, y no sabía que Django estaba aparcado en la misma cuadra la última vez. Django estaba resentido por su último encuentro, y le irritaba que ella siguiera celebrando sus pequeñas veladas en su territorio sin ni siquiera ponerse en contacto con él para asegurarse de que no hubiera malentendidos desde la última vez. Había acribillado a otros inmediatamente por mucho menos de lo que ella había hecho. Había demasiada gente invadiendo su territorio y desafiando su autoridad estos días. Era hora de que enviara un mensaje, recordando a todos quién era.

Decidió que la entregaría a los judíos en lugar de dejarla en la calle. Ya había enviado a más de una docena de personas al calabozo, y nadie las había vuelto a ver. Sabía que los médicos locos estaban haciendo lo correcto, y seguirían haciéndolo con esta perra irrespetuosa. Envió a uno de sus principales lugartenientes a su entorno, y todos cedieron su lugar al conocido asesino. Su hombre se acercó a Geri, deslizó un Mickey en su bebida, y la atrajo a un callejón lateral para que se tomara un trago especial de mierda de alta calidad. No se dio cuenta de que era heroína hasta que la dejó inconsciente. El Brougham bajó por la calle y entró al callejón, y Geri fue vendada, atada y amordazada antes de que la metieran en el maletero y se la llevaran.

Django no podía creer que tanto Geri como Jerome Browne, así como cuatro de las putas del crack, siguieran vivos y hubieran sido rescatados por la policía. Le resultaba aún más difícil de creer que aún no hubieran ido por él. Todo su equipo estaba en alerta máxima, y estaban dispuestos a matar a cualquiera que viniera a East Harlem en busca de venganza por el incidente de la casa de piedra rojiza y el juicio a los Doctores Psicópatas.

Geri Lindsay era una de las que habría querido vengarse, pero no recordaba casi nada. Todo lo que tenía eran sus pesadillas.

Lo único que podía hacer era fantasear con la venganza contra aquellos que solo podía imaginar -pero de alguna manera sabía- que eran los responsables.

De esto están hechos los dulces sueños, cantaba en su corazón y en su cabeza.

Listerine Walters era la primera mujer que había sido llevada al sótano. Había sido una prostituta por largo tiempo y se había vuelto gorda y descarada al hacerlo. Tenía fama de dar la mejor chupada de East Harlem, y nunca tuvo problemas para que los clientes vinieran de día y de noche. La mayoría de las jovencitas se limitaban a chupar a sus tipos para acabar cuanto antes. Hacerlo bien era la especialidad de Listerine, y cada vez estaba más cansada de tener que dar patadas a Django por hacer un trabajo mejor que el de los demás.

Él tenía una regla de tres faltas en vigor, y después de dos discusiones puso un perro de guardia fuera de su vivienda para llevar la cuenta de cuántos clientes pasaban por allí cada día. Al final de la semana, se reunía con ella. Cuando el dinero estuvo muy por debajo de lo esperado, envió a los perros para que la llevaran al sótano para procesarla. Le pusieron droga en la bebida, la ataron y amordazaron, y la metieron en un maletero para un corto viaje al laboratorio.

A estas alturas, Adam Rauch se dio cuenta de que estas personas habían sido traídas aquí en lugar de ser asesinadas de un tiro en la cabeza y arrojadas a la acera. Lo que ocurriera a partir de ahora se haría con la esperanza de aprovechar al máximo lo que estas personas tenían que ofrecer a la humanidad con el tiempo que les quedaba.

Primero amputó la pierna izquierda de Listerine, colocándola en un dispositivo de soporte vital que bombeaba fluidos vitales desde un dispositivo robótico. Quedó asombrado por el éxito y procedió a extirparle el brazo derecho con el mismo fin. La lógica era que, a diferencia de Combo, ella ya no haría uso del brazo derecho, que debería ser más sensible que el izquierdo.

Adam se sintió impulsado por los avances y procedió a quitarle los ojos, guardándolos para seguir experimentando con el equipo que le enviaba su proveedor. Su idea era que sería mucho más útil determinar si los ojos seguirían siendo funcionales después de estar almacenados durante un tiempo. A continuación, le extrajo uno de sus riñones como trasplante para Combo, cuyo estado físico seguía deteriorándose por su avanzada esclerosis múltiple.

La drogaban continuamente, la hacían adicta a los narcóticos y la metían en una jaula lo suficientemente grande como para que cupiera un gorila. Perdió la noción del tiempo y solo sabía que la lavaban con manguera dos veces por semana y que le permitían ir al baño una vez al día. La mujer que conocía como Patch le había cambiado los pañales de adulto y le había curado las llagas e infecciones. La pusieron a dieta líquida, lo que facilitó sus movimientos intestinales. La utilizaban para diferentes tipos de experimentos y de vez en cuando se encontraba en la mesa de exploración. Cada vez que se le pasaba el efecto de las drogas, intentaba gritar, pero Patch entraba y le ponía una inyección. Había tenido pesadillas en las que se imaginaba que el infierno era un lugar en el que estaría chupándosela a los demonios por toda la eternidad. *Eso habría* sido mucho mejor que esto.

Con el tiempo, percibió que habían metido a otra mujer en una jaula junto a ella. Pudo oír el alboroto, escuchó los gemidos y gritos de la mujer de vez en cuando. Al cabo de otro rato, había otra mujer en la fila, y finalmente una última. Al parecer, las mantenían en esta perrera humana con algún propósito impío. En sus momentos de lucidez, rogaba a Patch que la matara, pero entonces llegaba una inyección y caía en el olvido.

Finalmente, se produjo el rescate y despertó en el Hospital Bellevue, donde se le explicó lo que había sucedido y lo que se estaban haciendo por ella. La trasladaron a un centro de rehabilitación en el norte del estado de Nueva York, donde la trataron por su adicción. Aceptó ser entrevistada para un segmento de *Buenos Días America,* y lo siguiente que supo fue que se pusieron en contacto con ella investigadores de Francia. Habían desarrollado un conjunto de ojos robóticos que se implantarían quirúrgicamente. El procedimiento consistiría en una nano cirugía que repararía y conectaría los nervios cortados de su cerebro al aparato. Vería imágenes grises transmitidas electrónicamente durante toda su vida, pero el procedimiento se anunciaría como un avance sin precedentes. Listerine aceptó de inmediato.

También se habían puesto en contacto con ella una serie de abogados, uno de los cuales le hizo llegar un mensaje críptico. Le recordaba que todavía tenía familia y amigos en Harlem, cuya seguridad dependía de su cooperación. No debía decir nada de sus experiencias a nadie. Las cosas se estaban negociando y resolviendo y eso se revelaría a su debido tiempo. Había gente poderosa que sabía de su sufrimiento y la recompensaría por el favor. Se le dijo que, una vez terminado el proceso del juicio y del jurado, se volvería a contactar con ella para organizar su indemnización.

Al igual que Geri Lindsay, estaba deseando dejar

esto atrás y seguir adelante con su vida rota. Observó la petición de silencio y rezó silenciosamente para que por fin se hiciera justicia.

El reloj avanzaba a medida que se acercaba el día del juicio final.

CAPÍTULO NUEVE

A la mañana siguiente, los detectives se dirigieron a la costa de Jersey para reunirse con Jerome Browne. Una vez más, se encontraron en la BQE, tomando la I-278 hasta la I-95 Sur, donde la New Jersey Parkway se encontraba con la Garden State Parkway. Giraron a la izquierda en la autopista 72, cruzando la bahía de Manahawkin hasta el bulevar de Long Beach, y condujeron hacia el sur, donde se encontraba la mansión de 15 millones de dólares en un terreno con vistas a Little Egg Harbor.

Una vez más, se encontraron con guardias armados que estaban estacionados en posiciones estratégicas a lo largo de la propiedad frente a la playa, comunicándose por radio mientras confirmaban la identidad de los detectives y anunciaban su llegada. Los escoltaron a la zona de aparcamiento de dos garajes y luego al balcón del segundo piso donde les esperaba Jerome Browne. Tuvieron poco tiempo para admirar la majestuosa arquitectura o el exquisito mobiliario de la futurista casa blanca. Browne, según descubrirían en breve, era un hombre que afilaba un hacha, con poca paciencia para las distracciones.

Los compañeros, que normalmente se mostraban locuaces, se sorprendieron al ver el brazo robótico de Browne, al que las imágenes no hacían mucha justicia. Era un apéndice monstruoso que llevaba un hombre de dos metros de altura y trescientas quince libras de peso, treinta de los cuales había engordado desde que regresó del cautiverio. Al igual que el de Combo, reaccionaba lentamente a los impulsos cerebrales de Browne. A diferencia del de Combo, estaba construido con un material más ligero y fijado quirúrgicamente sin soporte de armazón. Browne seguía siendo adicto a los analgésicos para lidiar con el estrés.

"Ayer visitamos la casa de Geri Lindsay", declaró Tommy mientras agradecían al mayordomo de Browne un par de Harvey Wallbangers servidos de una jarra. "No creí que estuviera más cerca del paraíso hasta ahora".

"Sí, bueno, puede que pienses lo contrario, pero esta vista idílica no me quita el sueño", dijo Browne cáusticamente. Llevaba el pelo en un modesto estilo afro y se había dejado crecer una perilla que le daba un aspecto malévolo. Mostraba claramente el corto temperamento que suelen exhibir los que abusan de los sedantes. "¿Te dio Geri algo diferente a lo que aparecía en la declaración policial?"

"No, no del todo". Orrin iba a dejar que Tommy dirigiera la pelota aquí, lo que Tommy hizo con cierta reticencia. Sabían que Browne podría darles una patada en el culo a los dos por el balcón con el brazo robótico tras la espalda.

"Entonces, ¿qué te hace pensar que voy a ser diferente?"

"Como mencioné por teléfono, este es mi último día para ayudar al fiscal a reunir su información para el inicio del juicio el martes". Tommy se aclaró la garganta. "Como le dije a Lindsay, mi esperanza sería que usted recordara algo que podría haber pasado por alto tras la tragedia que sufrió durante el incidente".

"¿Se refiere a un incidente concreto?"

"Geri mencionó algo que nos dio la impresión de que todo el mundo estaba aguantando hasta el juicio para asegurarse de que no habría una apelación de última hora que sacara a alguno de los médicos bajo fianza", intercedió Orrin. "Bueno, estamos a unas noventa y seis horas de la hora del partido, y a menos que el juez se levante de la cama en mitad de la noche y firme una orden judicial que será como escupir en la cara del presidente de los Estados Unidos, entre otros... no creo que eso vaya a ocurrir".

"Bueno, todavía están tratando de extraditar a Edward Snowden por esa mierda de Wikileaks, ¿no?"

"Snowden ya había huido a Hong Kong", señaló Tommy. "Los médicos están bajo custodia en el MCC y la policía de Nueva York ha reforzado la seguridad. A mis jefes les preocupa que un traficante de drogas en particular pueda mandar a matarlos. A mi modo de ver, le ahorraría al Estado el gasto de un juicio, por no hablar de la habitación y la comida de por vida para cuatro, pero eso es solo cosa mía."

"¿Estás hablando de Django Tamsulosin?" Browne cogió un pistacho de una enorme bandeja de frutos secos variados antes de empujarlo por la mesa de mármol hacia los detectives. "Dejémonos de tonterías, no tengo todo el día. Saben que soy del barrio y que he vuelto al barrio una y otra vez, como Lindsay. Déjenme preguntarles algo a ambos. ¿Alguna vez volvieron a su antiguo barrio?"

"Claro", Tommy se encogió de hombros. "Amigos y familia, todo eso".

"No hay diferencia para mí, ni para Geri, ni para nadie. Cada vez que necesites pellizcarte para recordar que no estás soñando, lo único que tienes que hacer es volver a casa. La mayoría de la gente nunca vuelve porque tiene miedo de que su pasado les alcance. Algunos volvemos para asegurarnos de que realmente lo hemos conseguido. Es lo que podríamos llamar catártico. Sabes, yo podría haber sido Django. Podría haber cogido una pistola y haber seguido el camino difícil, pero en lugar de eso cogí una pelota de baloncesto y fui a la universidad. Django podría haber sido yo si hubiera medido dos metros".

"Sí, y podría haber sido yo si hubiera ido a la escuela de policía".

"Objetivos elevados, ideales elevados", dijo Browne con sarcasmo. "Podría haber sido Joel Madden, o incluso Colin Powell, o Barack Obama. Decidió quedarse en casa, desarrollar su industria artesanal. A veces, cuando vuelves, acabas molestando a la gente cuando no te esperan. ¿Alguna vez has recibido esa mirada de algunos de los chicos del barrio, cuando se enteran de que te has hecho policía?"

"Ya sabes cómo es eso. A la gente no le gusta tener policías cerca si no los necesita".

"Así es a veces", asintió sabiamente. "Cuando quieren algo, se te echan encima como moscas a la mierda".

"Hubo algo hace un tiempo cuando te involucraste en un proyecto de restauración de la comunidad, y se corrió la voz que tuviste problemas con uno de los traficantes de aquí abajo. Ahora, si Django está dirigiendo el comercio aquí abajo, ¿sería incorrecto asumir...?"

"Mira, si te cagas con una chica en la ventanilla del McDonald's, ¿vas a llorar a Ronald McDonald? Es el mismo principio. Ustedes son policías, deberían saberlo. Los traficantes callejeros son dueños de franquicias, operan bajo la bandera del jefe local. Instalan la tienda, obtienen su producto en consignación, y devuelven la cantidad acordada. Ahora bien, si te encuentras con algunos tipos de "salvar el mundo", o incluso de "mejorar el barrio", es posible que hablen de derribar los baches u obligar a los propietarios a arreglarlos. Esto pone en peligro la franquicia del distribuidor que opera allí, o el suministro de los drogadictos que buscan esa próxima dosis. Voy allí preguntando por qué nadie quiere cambiar, y el concesionario viene y me pregunta: '¿Por qué yo? ¿Por qué no vas a arreglar la siguiente manzana?' ... Vas a la siguiente manzana y ese hombre hace la misma pregunta. Para cuando has recorrido la zona, te das cuenta de que solo te has perseguido la cola por el este de Harlem".

"Entonces, ¿qué pasa con Combo?" Orrin cambió de marcha. "Él te ayudó a salir de allí. ¿No le has preguntado por qué no testifica contra los médicos que te hicieron eso?"

"Creo que todo el mundo está esperando a verlos en el tribunal y ver cómo se declaran, si se va a llegar a algún acuerdo o no. Si los médicos se declaran culpables, entonces no hay juicio. ¿Qué pasa con el acuerdo de Combo entonces? Hasta que sea acusado, si yo fuera él, no haría una mierda. A mis ojos, es un héroe, ayudó a salvar mi vida. Incluso si él era el que estaba en la mesa repartiendo los cuchillos quirúrgicos, me ayudó a acorralar a esos bastardos y a destrozar el lugar lo suficiente para que llegara la policía".

"¿Qué pasa con Patch? Tengo una entrevista grabada de un lapsus de ayer. Geri prácticamente nos dijo que Patch la alimentó en algún momento. Tenían a cuatro mujeres en jaulas, por el amor de Dios". La expresión de Tommy era de obstinación. "A una mujer le quitaron los ojos, el brazo y la pierna, ¡hasta un riñón!"

"No tienes que recordarme lo que se llevaron". Browne parecía hosco.

"Mira, Jerome, si atrapamos a alguno de ellos - Patch o Combo- tenemos a los médicos cogidos por las pelotas. Están tratando de culpar al Dr. Cyclops, y si no podemos probar más allá de una sombra de duda que no hay un Cyclops, podrían salirse con la suya. Si se van, todo lo que puedes hacer es llevarlos a la corte civil. Será como lo de OJ Simpson otra vez. No puedes tomar lo que no tienen. Sé que quieres que se haga justicia tanto como cualquiera de las otras víctimas".

"¿Quién te alimentó, Jerome? Un tipo de tu tamaño, no podrían haberte mantenido durante tres semanas con una dieta líquida, no después de esa clase de operación".

"Me drogaron, hombre. Al igual que a Geri y todos los demás. Todavía estaría allí si no hubieran omitido mi dosis esa noche, y si Combo no hubiera respaldado mi idea. No, no van a colgar a Combo. Y pueden estar seguros de que se hará justicia".

~

El altercado de Jerome Browne con Django Tamsulosin fue algo más explosivo que el de Geri Lindsay. Jerome intentó reunirse con Ronald McDonald. Le mandó decir que quería hablar con Django, y se reunieron en el restaurante Wells de la calle 132. Era el mismo lugar donde Denzel Washington rodó Tango en *American Gangster*, lo que a ambos les pareció divertidamente irónico. Lo que no les pareció divertido fue la conversación que siguió. Jerome quería remodelar algunas casas de crack importantes y Django se negó a ayudar. La discusión se puso fea cuando Jerome le acusó de llevar la peste al barrio. Django le dijo a Jerome que estaba utilizando el proyecto de restauración para inflar su ego. Jerome se marchó tras mandar a Django a la mierda.

Recibió la noticia de que Django quería concertar una cita, y que un mediador estaría disponible para reunirse con él en el bar y restaurante Shrine, cerca de la calle 134, esa fatídica noche. Jerome iba a estar en el barrio de todos modos, así que llamó al número de contacto y les dijo que pasaría a tomar una copa y a charlar. Fue algo tan casual que Jerome ni siquiera lo mencionó a ninguna de sus novias, a su secretario de prensa o a sus compañeros de equipo. El equipo estaba de vacaciones, así que no había nada que requiriera su atención esa noche.

Jerome recordaba que se trataba de un vendedor de bajo nivel, lo que le sorprendió e insultó. Todavía era temprano y no había muchos clientes, por lo que no estaba siendo acosado por los borrachos para pedir autógrafos y fotos. El traficante murmuraba chorradas callejeras, lo que resultaba muy molesto, haciendo evidente que Django estaba jugando con su mente.

Estaba a punto de marcharse cuando se acercaron dos mujeres negras de aspecto atractivo, que saludaron al traficante y se mostraron entusiasmadas por conocer a Jerome Browne en persona. Ellas lo engañaron a la perfección, y él nunca pudo averiguar quién le había puesto el Mickey en la bebida. Recordó que se sintió mareado y el traficante le acompañó al baño, donde se volvió incoherente. Le acompañaron a una salida trasera, y fue lo último que recordaba.

Recordó haber estado atado a una mesa la mayor parte del tiempo, donde se despertaba de vez en cuando solo para ser dopado con una aguja en una vena. Había un asistente que lo atendía con regularidad, ayudándolo a sentarse, paseándolo y alimentándolo. La luz era muy tenue, y le daban otras drogas que lo mantenían en Palookavilla todo el tiempo. El asistente le traía cosas de McDonald's, sobre todo hamburguesas, nuggets y patatas fritas. No pudo distinguir si era una mujer o un hada hasta que por fin llegó su hora.

Jerome pasaba mucho tiempo tratando de mantener su mente fuerte. Hacía sumas y restas de tres dígitos en su cabeza, repasaba los resúmenes de los partidos en su cabeza y repasaba mentalmente su libro de jugadas de los New York Knickerbockers una y otra vez. También fantaseaba con lo que iba a hacerles a esos hijos de puta. Sabía que había perdido el brazo de alguna manera, y que se lo habían sustituido por una extremidad robótica. El asistente le enseñaría a manejar los dedos con esa voz de hada.

Hombro-codo-muñeca-dedos. *Uno-dos-tres-cuatro-cinco.*

Se convirtió en un mantra para él, y sabía que estaba progresando durante sus momentos de claridad porque podía oír el chasquido de los dedos en respuesta a sus pensamientos: *uno-dos-tres-cuatro-cinco.* Solo que, en este día en particular, parpadeó y pudo ver el techo sombrío en lo alto. Sentía una punzada en el hombro que se convertía en una molestia palpitante, y se preguntaba por qué no le daban la medicación. De repente, dio un respingo y pudo oír varias voces masculinas procedentes de una habitación cercana. El asistente llegaba tarde. Tenía algo de tiempo para trabajar.

Intentó moverse y se dio cuenta de que estaba atado a la mesa por la muñeca derecha. Era el momento de ver qué podía hacer este bebé de metal.

Hombro-codo-antebrazo. Tenía que haber un antebrazo. *Hombro-codo-antebrazo. Hombro-codo-antebrazo.*

Al instante, se oyó un ruido de desgarro cuando las correas se soltaron de la mesa, y vio el brazo metálico que se alzaba en el aire a su lado. Ahora estaba frenético, y se obligó a calmarse, como si estuviera haciendo un tiro libre que pondría a los Knicks en los playoffs. La maldita cosa reaccionaba a los impulsos del cerebro, y el truco consistía en que cada pensamiento tocara la base de cada componente que debía activarse. *Uno-dos-tres-cuatro-cinco. Uno-dos-tres-cuatro-cinco.*

Jerome había terminado su primer año en la Universidad de Columbia y no era un hombre estúpido. Le encontró el truco en poco tiempo y, en un par de minutos, arrancó la correa del pecho para poder girar lo suficiente como para que el brazo alcanzara la sujeción de la muñeca derecha. Cuando ésta saltó, una sonrisa malvada cruzó su rostro. Ahora necesitarían una pistola para volver a tumbarlo. Pensó en la Cosa de los cómics de *Los Cuatro Fantásticos.*

Es la hora de la paliza.

~

Cuando llegaron los médicos, tanto Patch como Combo se vieron sorprendidos por la conmoción al bajar las escaleras y reunirse con Adam en la zona de recepción.

"Esto es ridículo, Adam". Abe Javits estaba molesto. "Nos estamos preparando para la temporada de Hannukah y nos has puesto estas cosas. Cuando me llamaste dijiste que nos reuniríamos para cuadrar las cosas para el fin de año. De camino, nos dices que puede que nos necesites para algunos trámites de última hora antes de las fiestas de *los goyim*. Ahora, entramos en el maldito edificio y nos dices que tal vez tengamos que venir en los próximos días. Dijiste que tenías todo bajo control, y esperas hasta Hannukah para decirnos que te has pasado de la raya".

"Oye, ni siquiera sé por qué estoy aquí", insistió Isaac Vadim. "Has estado trabajando con esa piel transgénica muy bien sin mí. De hecho, debería pedirte que me ayudes a dirigir mi unidad en el hospital. Oye, pregúntale a Patch. Patch, ¿crees que necesita que le ayude con tus procedimientos de seguimiento?"

Los cuatro miraron hacia donde Patch y Combo estaban escuchando a hurtadillas, mirando con asombro desde el otro extremo de la habitación, donde habían bajado el volumen del televisor para oír mejor. Patch se quedó boquiabierta y se limitó a levantar las manos con aprensión.

"Ahí, ¿Lo ves? Patch dice que ya no me necesitas".

"Tenemos... otros pacientes que vienen. El Dr. Cyclops tiene más equipo que viene del extranjero y tenemos que probarlo inmediatamente. Te dije que viene de un país represivo, y está bajo una tremenda presión. Tiene artículos que necesita descargar y necesita que aceleremos las cosas por nuestra parte para poder justificar los gastos. Están contentos con lo que hemos conseguido, de hecho, están encantados, pero se han pasado del presupuesto. Amenazan con desconectarnos si no consiguen que su gente haga otra gran inversión".

"Adam". Noah Birnbaum comenzó a razonar con él. "La última vez que estuve aquí, tenías un brazo y una pierna humanos que respondían a estímulos eléctricos y físicos, y un par de ojos que transmitían imágenes a una pantalla de ordenador. Dijiste que les habías enviado vídeos de Combo. ¿Qué demonios quieren que hagamos, construir un monstruo de Frankenstein?"

"Bueno". Adam golpeó distraídamente un bolígrafo contra el papel secante de su escritorio. "No estoy seguro de qué tan lejos estemos de eso".

"Hola". Abe se inclinó hacia adelante. "Que se jodan tus inversores, que se joda el Doctor Cyclops, y que te jodas tú. Te lo dije desde el principio, solo estaba proporcionando una modesta inversión y consulta como un favor personal a todos ustedes. Sé que has salvado la vida de Combo y que has mejorado mucho la calidad de vida de Patch. Lo que estabas haciendo con esas extremidades humanas se estaba pasando de la raya, y te lo dije, pero no insistí en ello porque ya he visto cosas así en los laboratorios de investigación. Ahora, tienes más gente viniendo aquí. ¿De dónde? ¿Quiénes son? ¿Qué tipo de cirugía vamos a realizar? No me importaba trabajar en Combo porque era una situación de vida o muerte. Nos dijiste que este tu Doctor Cyclops estaba haciendo el trabajo pesado, haz *que venga* y trabaje durante el Hannukah".

"Bien, chicos, ¿se trata de Hannukah?" preguntó Adam.

"No, no, no es eso... no para mí". Isaac le miró fijamente a los ojos. "Esto me da mala espina. Estás arriesgando todo lo que tenemos con este proyecto tuyo. Dijiste que se trataba de las extremidades robóticas, y eso fue un éxito maravilloso. Luego dijiste que hiciste un trasplante de riñón en Combo con la ayuda de Abe, y yo te ayudé a hacer esos injertos de piel en el torso de Patch, que fue un éxito. Estos son pacientes que viven con nosotros. Hemos desarrollado un vínculo de confianza con ellos. ¿Qué diablos crees que pasará después? ¿Abres una clínica sin cita previa? ¿Por qué no abrimos una clínica de abortos ya que estamos en éstas?"

En ese momento se oyó un estruendo y todos los presentes se quedaron mirando atónitos cómo Jerome Browne entraba tambaleándose por la puerta de la habitación 2, tirando la pesada puerta a un lado como si fuera de cartón.

"¡No vamos a necesitar policías!", rugió. "¡Voy a matarlos a todos, hijos de puta!"

"Escúchenme con atención", dijo Adam tranquilamente mientras miraban con horror al gigantesco hombre negro con el brazo izquierdo robótico que se tambaleaba por la puerta, con las piernas todavía débiles por los narcóticos y los sedantes. "Tenemos que llegar al almacén y encerrarnos para poder pedir ayuda. Este paciente está drogado y está fuera de control".

"¡Dios mío!" jadeó Isaac. "¡Es Jerome Browne de los Knicks! Lleva semanas desaparecido".

"Tuvo un accidente y tuvimos que quitarle el brazo. Sospechamos de juego sucio, pero no quiso decir nada, además ha estado sedado". Adam saltó de su silla, corriendo hacia el armario de la carne. "¡Patch, llama a la policía!"

"¡Si haces eso, te arrancaré la cabeza!" Jerome le rugió mientras los médicos se escabullían al oír su voz.

Geri Lindsay, al igual que Jerome Browne, pudo oír la conmoción en el exterior. El estruendo y los gritos la hicieron reaccionar, y sintió las ataduras que la sujetaban a la mesa sobre la que yacía. Solo que a ella no la habían atado como a Jerome, sobre todo porque Patch no solo admiraba su hermosa piel, sino que pensaba que algún día podría ser la suya. Estaba ligeramente atada y se soltó de los lazos de las muñecas para poder sentarse y liberarse. Sollozó desdichadamente cuando se dio cuenta de que su pierna había desaparecido, pero su pena se convirtió en horror cuando oyó los gritos y las súplicas que provenían de la puerta cerrada detrás de ella.

Sabía que había más cautivos aquí, pero estaba demasiado aturdida para hacer algo. Además, su pierna había desaparecido, y se dio cuenta de que tendría que salir de aquí arrastrándose.

"¡Me llamo Geri!" gritó a través de la puerta. "¡Voy a pedir ayuda, voy a llamar a la policía!"

"¡Por favor, venga a ayudarnos!", gritó histérica una voz de mujer, todas las mujeres pasaron el horario de dosificación programado y se recuperaron. "¡Nos tienen enjauladas aquí dentro!"

"¡Me voy ahora mismo! Mantén la calma". Se levantó hasta quedar sentada, colocando su pierna derecha sobre el lado de la mesa. Sabía que no podía saltar con una sola pierna, no con lo maltrecha que estaba. Si podía bajar al suelo, podría arrastrarse hasta la entrada principal. Solo rezaba para que no estuviera cerrada, y no tenía ni idea de lo que había detrás. Lo único que sabía era que iba a arrancarle los ojos a la primera persona que se le acercara.

Intentó bajar, pero se cayó al suelo de baldosas. Se recuperó una vez que se le pasó el dolor inicial y trató de averiguar cómo hacerlo. Decidió que la mejor manera sería ir de derecha a izquierda, y luego tirar de la rodilla hacia adelante. Eso le permitiría cruzar el suelo con un movimiento de deslizamiento. Tuvo un pensamiento fugaz de que volvía a ser una niña pequeña, jugando a algún juego tonto de gateo con una sola pierna. Por extraño que parezca, eso le hizo olvidar su desesperación y le permitió llegar a la puerta. Probó la perilla de la puerta y la abrió de golpe cuando se dio cuenta de que no estaba con llave.

~

"¿Vas a ayudar aquí, amigo? Te han hecho la misma mierda que a mí. ¡Vamos, ayúdame aquí!"

Combo estaba atrasado en la toma de sus medicamentos y ahora podía pensar con mucha más claridad. Sentía una palpitación, un ardor y un picor tanto en el interior como en el exterior de su torso, debido a los puntos de sutura en capas. Estaba asombrado de encontrarse cara a cara con uno de sus jugadores favoritos de los Knicks, pero horrorizado de que le hubieran hecho esto. Las noticias decían que llevaba desaparecido más de tres semanas y nadie tenía ni idea de su paradero. Obviamente, lo habían traído aquí, y era igual de obvio que no estaba aquí por elección. Los médicos se habían encerrado en el almacén y, con toda seguridad, intentaban escapar de su ira.

"Mierda, Combo, ¡qué vamos a hacer!" jadeó Patch.

Al instante, vieron aparecer a Geri Lindsay de la

habitación número 1, mirando a su alrededor aterrorizada antes de arrastrarse torpemente hacia la escalera. Las otras tres personas de la habitación se detuvieron asombradas durante un largo momento antes de que Jerome se enloqueciera y golpeara la puerta metálica con su brazo robótico, abollando su superficie.

"¿Qué quieres que haga?" Combo comenzó a tambalearse hacia donde estaba Browne.

"Ayúdame a derribar esta puerta", exigió Jerome. "¡Voy a descubrir quién me hizo esto!"

Patch se ponía frenética al oír los gritos de las mujeres, cada vez más fuertes, dentro del tabique. Vio a Geri subiendo los escalones y supo que tendría que apartarse, ya que ella era capaz de cualquier cosa en esta situación. Geri era más grande que Patch, y si la agarraba en su estado de frenesí, fácilmente podría atacarla.

Patch se angustió al darse cuenta de que todo se debía a que no cumplío con el horario de dosificación, algo que Adam le había hecho repetir una y otra vez. Esto había estallado en una tormenta de fuego que estaba fuera de control, y Patch no veía ninguna salida.

Impulsivamente, corrió hacia la puerta abierta que conducía a la zona trasera, con la esperanza de poder drogar a las mujeres enjauladas y posiblemente trabajar desde allí. Si conseguía una jeringuilla cargada, podría abordar a Geri y pincharla antes de que llegara a la calle. Solo cuando entró corriendo y abrió la puerta, vio a las mujeres golpeando sus jaulas como chimpancés enloquecidos, ensangrentando sus puños contra los barrotes de metal. Corrió hacia la caja fuerte e intentó abrirla, pero estaba tan distraída y angustiada que no pudo acertar la combinación.

¡Todo se iba a la mierda!

Geri había llegado a la puerta principal, pero se dio cuenta de que tendría que arrodillarse para alcanzar la cerradura. Se había agotado al subir los escalones y bajar el pasillo. Pensó en llamar a las puertas, pero no quería arriesgarse a que los inquilinos estuvieran al tanto de la operación. Llorando de miedo, hizo acopio de fuerzas y se apoyó en una pierna, subiéndose hasta la perilla de la puerta. Llegó a la cerradura y la hizo girar para que hiciera clic, luego cayó al suelo mientras abría la puerta.

Con la adrenalina a flor de piel, entró en el vestíbulo y encontró otra puerta cerrada. Sollozó de dolor y terror mientras se levantaba de nuevo sobre sus ancas y se empujaba contra la puerta. Una vez más, llegó a la cerradura y sintió una brisa nocturna que le pasaba por la cara mientras caía sobre el umbral que daba a la calle 137. Siguió arrastrándose por el escalón delantero hasta llegar a la barandilla, donde se sentó y empezó a gritar con todas sus fuerzas.

"¡Ayúdenme! ¡Que alguien me ayude!"

Entonces decidió que lo mejor sería arrastrarse hasta la calle y llegar a la esquina de la avenida Lenox. Si pasaba un coche, hasta el más duro de los traficantes se pararía para ver qué pasaba con una mujer que se arrastraba por la calle con una bata de hospital.

"Hola, señora". Un borracho avanzó arrastrando los pies por la cuadra hacia donde había llegado a la acera, con la bata ahora cubierta de lodo y el pelo enmarañado colgando alrededor de la cara. "¿Qué te pasa?"

"¡Llamen a la policía!", gritó. "¡Alguien me cortó la pierna!"

"¡Santo cielo!" Sus ojos vidriosos se abrieron de par en par con horror cuando ella se subió la bata para mostrar solo una hermosa pierna. "¡Bien, nena, déjame ir a la calle y traer a alguien aquí!"

En cuestión de minutos, el calvario de los cautivos en la casa de piedra rojiza había terminado y comenzó el de los médicos.

CAPÍTULO DIEZ

"¡Vamos, Mo, vamos a llegar tarde!" gritó Tommy Jackson a través de la puerta del baño, mirando su reloj. Eran las seis de la tarde del domingo, y le dijo a Orrin que él y Maureen pasarían a las siete.

Vivían en el Lower East Side, no muy lejos de la calle Delancey, pero a Tommy le gustaba la puntualidad. Habían enviado a las niñas a casa de los padres de Maureen para que pasaran la noche, y habían comprado vino y queso como regalo para los Rampersad. Estaban a solo unos veinte minutos y probablemente no tendrían problemas de tráfico en un domingo por la noche.

"Solo me estoy peinando y maquillando. Ahora mismo salgo", respondió ella.

"¿Qué quieres decir con eso de peinarte? Tienes

el puto pelo liso", bramó, y luego se sentó y encendió la televisión.

"¿Por qué enciendes la televisión?" Salió del baño y apagó la luz.

Miró su maquillaje y se quedó boquiabierto. "Vaya. Pareces una estrella del porno. Ven aquí".

"Pensé que habías dicho que llegábamos tarde. Oye, será mejor que no estés mirando esa mierda de porno".

"Les llamaré y les diré que te has enfermado".

"De ninguna manera. Voy a estar en el coche. Trae el vino y el queso".

"Sí, de acuerdo", dijo y apagó el televisor. "¿Conduces tú?"

"No, acabo de arreglarme las uñas". Cerró la puerta tras ella.

Django Tamsulosin se impacientó mientras estaba sentado en el asiento trasero del coche, mirando su reloj.

"¿Qué demonios retiene a este tipo?", refunfuñó. "No voy a estar sentado aquí toda la maldita noche".

"Dijo que sería sobre las seis, supongo que se está retrasando. Tal vez quieras darle otros cinco o diez minutos".

"¿Por un hijo de puta de medio pelo? ¿Por qué no lo llamas?"

"Va directamente al buzón de voz. Debe haberlo apagado para que no haya interrupciones".

El perro de Django, Nero, había recibido la llamada hacía una hora. Slim Jim, de la calle 139, dijo que se había sentado con uno de los hombres de Jerome Browne para dar un golpe a alguien que creía que le había tendido una trampa para el secuestro. Aunque Django sabía que estaba muy lejos de estar fuera de la red, esto podría indicar que Browne aún no había sumado dos y dos. Su perro, Knowshon, había montado el secuestro y ahora vivía en Tampa, esperando la confirmación de la muerte de Jerome Browne. Aparentemente, Jerome no sabía que Knowshon trabajaba para Django, y aunque lo supiera, eso no era prueba de que Django hubiera montado todo el asunto.

Independientemente de su propia y razonable preocupación, las cosas se veían bastante bien hasta ahora. Nadie había dicho su nombre, ni los médicos, ni Patch, ni Combo. Los únicos con los que tenía contacto real eran Rauch, Patch y Combo, así que, si ninguno de ellos decía nada, no iba a pasar nada. No podía creer que el estúpido judío Rauch hubiera mantenido con vida a esa gente. Pensó que solo les estaba sacando la sangre y los órganos y cualquier otra cosa que necesitara, como hizo con las seis primeras víctimas que Django arrojó allí. El problema fue que no llevó a las seis últimas al borde de la muerte como a las primeras. Ese fue obviamente el error fatal. Rauch no tuvo los cojones de acabar con ellos.

"Bien, allá vamos", dijo Nero cuando un coche dobló la esquina y se acercó lentamente por detrás del Brougham, encendiendo las luces largas, como era la señal concertada.

Estaban aparcados a la vuelta de la esquina del Santuario, lo que les proporcionaba una excusa si la policía llegaba primero. Observaron cómo el conductor aparcaba el coche y subía a la acera por el lado del pasajero.

"¿Por qué no nos reunimos dentro?" refunfuñó Django.

"Probablemente no quieran ser vistos en público, en caso de que pase algo".

"¿Cómo qué?"

El hombre se detuvo bruscamente junto a la puerta trasera y Django ordenó a Nero que bajara la ventanilla.

"¿Qué carajo?" Django le espetó a Slim Jim.

"Jerome Browne envía sus saludos."

Django observó alarmado cómo sacaba una Magnum 357, apuntaba y disparaba a la cara de Tamsulosin. Cuando la ventana estalló, el pistolero dio un paso adelante y efectuó tres disparos más a la cabeza. Lanzó el revólver contra la ventana al cuerpo de Django, y luego volvió a caminar tranquilamente por la calle y se marchó.

Nero se bajó del coche y dio la misma vuelta a la

cuadra, hasta el Shrine, donde esperaría hasta que llegara su transporte.

~

En ese momento, la policía de Nueva York perseguía a un vehículo que bajaba a toda velocidad por la Franklin D. Roosevelt Drive a ciento cincuenta kilómetros por hora. El coche se detuvo finalmente en la salida 5 de la calle Houston. Un agente salió del lado del pasajero de la patrulla y ordenó al conductor que abriera la ventanilla y mostrara las manos. Se quedaron asombrados al encontrar a Jerome Browne al volante, con los vapores del whisky asaltando las fosas nasales del agente.

"Sr. Browne". El agente le pidió rutinariamente su licencia de conducir y prueba del seguro, aunque reconoció a la estrella de la NBA. "¿Ha estado bebiendo esta noche?"

"¡Diablos, no!" Jerome se mostró beligerante.

El compañero del policía se acercó después de que el despachador comprobara la matrícula.

"Dijo que es Jerome Browne".

"El coche apesta a alcohol, pero no parece borracho. Lo dejaría ir, pero tiene una mala actitud. Si tiene un accidente de camino a casa, nos darán por el culo".

"Señor Browne, ¿puede salir del vehículo?", le preguntó el segundo policía.

"Joder, no", gruñó Jerome. "No he hecho una mierda. Solo dame la maldita multa".

"No, eso es". El segundo policía olió el alcohol. "Sr. Browne, tiene que salir del vehículo. Va a tener que someterse a la prueba de alcoholemia o tendremos que llevarle."

"Al diablo con esa mierda. No voy a tomar ninguna prueba de alcoholemia".

"Señor Browne, salga del coche; vamos a tener que llevarlo".

"Por mí está bien". Jerome salió del vehículo.

Los agentes estaban distraídos por el drama que se estaba desarrollando. Toda la nación había quedado hipnotizada por la desaparición de la estrella de la NBA pocas semanas después de la de la supermodelo Geri Lindsay. Cuando el infierno de Harlem llegó a los titulares internacionales, la prensa mundial consiguió entrevistas con todos los cautivos rescatados, excepto Browne. El abogado de Jerome hizo declaraciones a la prensa, al igual que la junta directiva de los Knicks, pero Browne se negó a hablar con todos. Ahora, aquí estaban, las cabezas de ambos oficiales apenas llegaban a los hombros del sospechoso. Parecía casi blasfemo utilizar la palabra sospechoso para describir a un icono del deporte que había sido rescatado de las torturas de los condenados hacía apenas unos días.

"Sr. Browne, lamentamos tener que hacer esto, pero queda arrestado por imprudencia temeraria al conducir un vehículo de motor a velocidad excesiva en una vía principal, y negarse a realizar la prueba de alcoholemia".

"Me importa un carajo. Haz lo que tengas que hacer".

Los agentes se vieron obligados a utilizar un dispositivo de inmovilización de piernas LR-2 para esposar la muñeca robótica de Jerome, ya que sus esposas estándar no servían. En consecuencia, le esposaron la muñeca al tobillo en el lado izquierdo y le esposaron la muñeca derecha a la mampara metálica antes de conducirlo al MCC.

"Hola, Rampersad. Soy Maureen".

"Me alegro de que hayas llegado. Entra. Angela, estos son Tommy y Maureen".

"Qué maravilloso es conocerlos. Ya siento que los conozco. Orrin me ha hablado mucho de ustedes".

"Sí, bueno, no le creas. Exagera".

"Oye, esto es agradable. ¿Hiciste esto con nuestro salario? El tipo es un mago".

"Ella hace la decoración, yo la pago. ¿Qué estás bebiendo?"

"Lo mismo de siempre. Maureen bebe ron y coca-cola".

"Déjame darte un trago de Courvoisier".

"Oye, genial. ¿Cuánto cobra el Manitoba por esto, diez dólares el trago?"

"Es un traje tan bello. Y tú tienes un pelo tan hermoso".

"Vaya, muchas gracias. Me encanta ese vestido, y tienes un peinado tan lindo".

"Espero que traigan apetito".

"Yo también. No me ha dejado entrar en la cocina en todo el día", dijo Angela molestando a Orrin.

"Toma, hemos traído esto para ti".

"Oh, Dios, no deberías haberlo hecho. Muchas gracias. Déjenme tomar sus abrigos".

Tomaron asiento en el lujoso sofá de tela Chester que dominaba la espaciosa sala mientras Orrin traía vasos y botellas en una pequeña bandeja. Los dejó en la mesa de cristal junto al sofá y sirvió las bebidas, repartiéndolas antes de levantar su vaso de brindis.

"Por los viejos y nuevos amigos", sonrió Orrin.

"Salud".

Todos se pusieron de pie y chocaron sus copas antes de que Orrin tomara asiento junto a Angela en el sillón a juego.

"Entonces, ¿tus hijas están con los abuelos esta noche?"

"Sí, estaban emocionadas. Quizá la próxima vez podamos llevar a los niños a Coney Island", sugirió Maureen.

"Eso sería maravilloso. David está deseando conocer a Tommy. Siempre está haciendo preguntas sobre lo que hace su padre en el trabajo cada día. Tiene la imagen en su mente de que son como *Starsky y Hutch* o algo así".

"¿Qué es eso, como *Coche 54 Dónde Estás?*" Tommy arrugó el ceño.

"No ve la televisión; lo único que ve es el fútbol y el béisbol", dijo Maureen acariciando su muslo.

"Sí, me paso los días en el MCC. ¿Quién tiene tiempo para la televisión?"

"Ahora, no vamos hablar de trabajo, ¿recuerdas?", reprendió.

"¿No se habla de trabajo? Pensé que por eso habías convocado esta reunión".

"¡Orrin!" Angela le dio una palmada en el brazo. "Siempre está bromeando".

"¿Quién, Harry el Sucio?"

"Debería hablar, señor", Maureen le dio un codazo.

"Estoy seguro de que te ha contado todo sobre cómo le torcí el brazo para que se mudara aquí. Salgan y echen un vistazo a la vista desde el balcón. A los niños les encanta el parque junto al río, es maravilloso".

"Oh, es precioso", dijo Maureen.

Los compañeros disfrutaron de la ruptura de toda la tensión de la semana pasada, contentos de poder reunirse con sus esposas y dar un paso más en su incipiente amistad. También se dieron cuenta de que sus esposas tenían razón. Necesitaban alejarse de la locura del Juicio a los Médicos, y dejar de lado con elegancia cosas que estaban fuera de su control.

~

Eran poco más de las once de la noche cuando el sargento Merced recibió una llamada en su teléfono del Centro Correccional Metropolitano. Estaba cabreado porque le habían asignado el turno de noche, especialmente un domingo del fin de semana del Día del Trabajo. Su novia hizo varias llamadas para comprobar que realmente estaba trabajando. Ella estaba segura de que estaba jodiendo, y llamó a gente a la que él no creería que fuera capaz de contactar. Iba a meterse en su mierda cuando saliera, pero por ahora lo único que podía hacer era ver *Zero Dark Thirty* en su reproductor de DVD portátil por vigésima vez mientras el tiempo se alargaba.

"Merced".

"Soy el Sargento Salinas. Tengo un destacamento del departamento de policía que vendrá en una media hora. Tienen órdenes de llevar a los médicos al Tribunal Penal de Nueva York en Broadway para la audiencia preliminar. Hay un montón de preguntas de seguridad provenientes de Police Plaza y han decidido que van a mantenerlos en el tribunal hasta el martes."

"¿Qué?" refunfuñó Héctor. "Acabamos de pedir que se apaguen las luces. ¿Ahora tengo que enviar a los chicos a vestir a estos imbéciles y prepararlos para un viaje de placer?"

"*¿Te gusta* este trabajo, Merced? ¿Supongo que esta línea está siendo monitoreada?"

"¿Aclaraste esto con el teniente Lockwood?"

"Lockwood está libre por el feriado de fin de semana. Soy el oficial de mayor rango. Haz que los prisioneros se duchen al salir. Solo podrán afeitarse y cambiarse de ropa en el juzgado antes de la audiencia. Pueden dejar sus pertenencias en aislamiento, ya que volverán".

"Entendido". Merced maldijo y soltó malas palabras antes de llamar al guardia de la puerta.

"Sánchez".

"Este puto tipo quiere a los médicos bañados y listos para llevarlos a la calle Centre en media hora".

"¿Qué? Estoy en medio del apagado de luces. ¿Qué diablos está pasando? Cuando la población se entere de quién se va, voy a tener *Animal House* aquí. ¿Quién autorizó esta mierda? ¿Lockwood?"

"No, Salinas está a cargo del turno por el feriado. Dice que a Police Plaza le preocupa la seguridad. Deben haber conseguido una orden judicial o algo así".

"Bueno, ¿alguien lo ha revisado dos veces?"

¿"Doble chequeo"? ¿Qué eres, un drogadicto? ¿Quieres llamar al capitán a estas horas de la noche? Los están llevando por la calle al juzgado, no los están tirando al río. Mira, si algo les pasa a los bastardos, al menos no pasará aquí, ¿verdad? Ya hay rumores de que esos dos narcotraficantes fueron apuñalados. No quiero que mi nombre aparezca en ninguno de esos informes, ¿me escuchas lo que te digo?"

"Te escucho".

"Bueno, terminen de apagar las luces y hagan que los internos se duchen y estén listos para irse".

"Entendido".

~

"¿Tú hiciste esto? Tienes que estar bromeando. Has perdido tu vocación, amigo. Estarías ganando un montón de dinero haciendo estas cosas en algún local gourmet".

"Dicen que los hombres suelen buscar a alguien que sepa limpiar y cocinar. En nuestro caso, yo fui la que tuvo suerte".

"Esta chica no lo hace nada mal". Orrin señaló con su tenedor a Angela, sentada a su derecha en la pulida mesa de comedor de roble.

"Dios mío, esto está muy bueno". Maureen saboreó el delicioso pollo y los pimientos rojos en salsa de curry sobre arroz jazmín con pan casero. "No he probado nada tan bueno en un restaurante. Eres un cocinero maravilloso".

"¿Así que esta es una receta del 'Viejo Continente'?" Tommy masticó una rebanada de pan con mantequilla, absorbiendo la salsa en su plato. "Nunca me dijiste por qué tu gente dejó Granada".

"Mi abuelo era agricultor en Granada; tenía una granja al este de Grand Anse". Orrin dio un sorbo a su vino blanco. "Mi padre era uno de ocho hijos. Estaba en la escuela primaria en 1979 cuando Maurice Bishop y su Movimiento New J.E.W.E.L derrocaron al gobierno. Inmediatamente, Castro y los rusos se subieron al carro y empezaron a enviar todo tipo de asesores y ayuda extranjera. Al abuelo le importaba un bledo la política, pero antes de que se diera cuenta, el régimen le puso su política en la puerta. Un día, mi padre fue a la escuela y allí había un soldado cubano que dio a la clase un discurso sobre el papel de Granada en la lucha de la clase obrera contra el capitalismo. Lo siguiente que supo fue que los rusos empezaron a enviar soldados para ofrecer a los niños la oportunidad de formarse en la URSS. Algunas familias eran tan pobres que aprovecharon la oportunidad".

"Eso es terrible", dijo Maureen en voz baja.

"Mi abuela sabía que tenían que abandonar el país, pero el abuelo no iba a ir a ninguna parte. Dijo que la tierra pertenecía a nuestra familia desde el año 1800 y que tendrían que enterrarlo allí. Sin embargo, sabía que la abuela tenía razón, así que empezó a enviar a sus hijos a vivir con parientes en Nueva York uno por uno. Cuando le llegó el turno a mi padre, ya tenía dieciocho años. Vino aquí, encontró un trabajo y se casó. Se casó con una chica de Granada, y él y mi madre siempre hablaban de su infancia y de lo bonita que era Granada. Supongo que parte de la razón por la que me hice policía fue porque amaba a Estados Unidos, y no quería que los malos se apoderaran de aquí como lo hicieron allá."

"Mi padre se trasladó de Bay Ridge a Brooklyn Heights en los años 80", dijo Tommy. "Los sacó de allí justo en la época en que las pandillas callejeras empezaron a apoderarse del barrio. Tenías a los FMD, a los Dirty Ones, a todos esos imbéciles, eran tan malos como los terroristas. Eran los dueños de las calles y todo el mundo lo sabía. Estuvo a punto de renunciar del cuerpo, pero estaban dispuestos a trasladarlo por su hoja de servicios. Cuando Rudy Giuliani fue elegido alcalde, empezó a tomar medidas contra la delincuencia. Empezó a contratar a una "nueva casta" de policías que no iban a quedarse de brazos cruzados.

"Mi padre fue puesto a cargo de una de las unidades del Grupo Operativo de Pandillas Callejeras, y, bueno, hablando de venganza. Decía: 'nunca más'. Dijo que no volvería a ver nada parecido a esas pandillas en los barrios durante su mandato. Estuve de acuerdo con eso, especialmente después del 11 de septiembre. Dije que nunca dejaría que los malos se hicieran cargo de nuevo. Algo así como Orrin".

"Por nuestros hombres". Angela levantó su copa hacia Maureen. "Caballeros de brillante armadura".

"Sip". Maureen le devolvió la sonrisa. "Y que los malos nunca se recuperen".

~

Abe Javits tuvo una sensación horrible cuando el guardia vino a informarle de que lo trasladaban al edificio del Tribunal Penal de Nueva York por razones de seguridad.

"Estoy en aislamiento", protestó Abe. "¿Qué creen, que uno de los guardias me va a matar?"

"Yo no hago las reglas, amigo", gruñó el guardia. "Quieren que dejes tus cosas aquí, así que obviamente volverás después de la comparecencia".

Los abuelos de Javits y muchos de sus parientes habían llegado a América desde Europa antes del Holocausto. Sus historias formaban parte de su infancia y de las tradiciones familiares. Muchas de ellas trataban sobre hombres que venían por la gente en mitad de la noche. Era un miedo común, que impregnaba los cuentos de hadas y las supersticiones de las civilizaciones desde el principio de los tiempos. El miedo a que el mal salga de la oscuridad.

Leía los periódicos y escuchaba las emisiones de radio y no podía creer las cosas que se decían. De repente, cayó en cuenta y empezó a entender cómo la gente de Alemania podía haber profesado su ignorancia sobre las atrocidades que se cometieron contra los judíos en su país. Se hacían estas terribles acusaciones contra él y sus amigos, y decían que él era parte de lo que ocurría allí. Se negaban a creer que no sabía nada de ello, a pesar de que fue detenido en el lugar de los hechos, a pocos minutos de ser encerrado en el abrazo robótico de Combo y Jerome Browne.

Abe solo había estado allí tres veces después de la primera visita, y en cada una de ellas había asistido a las cirugías de implantación de los dispositivos robóticos de Combo. Incluso se había llevado a casa los informes y diagnósticos de Adam para asegurarse de que eran válidos y médicamente necesarios. Combo se estaba muriendo de distrofia muscular y sus extremidades se estaban perdiendo una a una. Abe sostenía que el hombre debía estar en un centro médico, pero no había duda de que habría quedado reducido a un parapléjico sin esperanza de recuperación. Quienquiera que fuera este Cyclops, y dondequiera que estuviera obteniendo sus suministros, permitió a Adam lograr algo que nunca se había hecho antes. Al igual que el gato de Adam.

Abe fue apreciando poco a poco todo el alcance del genio de Adam. No solo tenía una capacidad prodigiosa para inducir teorías y conceptos médicos, sino que tenía la enorme audacia y confianza en sí mismo para ponerlos en práctica. Además, tenía una increíble aptitud para observar y aprender. Abe sabía que Adam captaba hasta el último detalle durante las cirugías, haciendo docenas de preguntas sobre cómo hacía esto y por qué hacía aquello. Obviamente, era por eso por lo que Abe no sabía nada de Jerome Browne. Adam había llegado al punto de poder hacerlo todo él mismo.

Abe nunca sería capaz de entender cómo Adam cruzó el umbral del mal, y cómo no pudo verlo venir. Sabía que Adam había sido despiadadamente ambicioso, desde la realización de trasplantes a pequeños animales hasta la manipulación de su madre para que financiara la operación. Sin embargo, ninguno de ellos podría haber creído que pudiera estar involucrado en el secuestro y la mutilación. Abe habría apostado todo lo que tenía en contra. Quienquiera que fuera este Dr. Cyclops, debía tener una enorme influencia sobre Adam para haber conseguido que hiciera tales cosas. Debe haber habido algún tipo de coacción, tal vez incluso el chantaje. Pero ¿qué diablos podría haber sido?

Toda su defensa se basó en la persona de Cyclops. Según sus abogados, Adam declaró bajo juramento que Cyclops se había puesto en contacto con él a través de un sitio web en el extranjero para hablar de la investigación y el desarrollo de la robótica. Comenzaron a intercambiar correos electrónicos, y Cyclops acordó proporcionar a Adam prototipos para pruebas beta. Cyclops aseguraba cada envío con Lloyds of London por si había algún descuido, y Adam enviaba a cambio extensos informes a Cyclops. La investigación justificaba la financiación que Cyclops recibía de un gobierno extranjero para desarrollar los prototipos.

Sin embargo, Adam se negó a revelar cómo las cuatro mujeres, Geri Lindsay y Jerome Browne acabaron en el sótano. Dijo que Cyclops comenzó a visitar las instalaciones para confirmar los informes médicos sobre Combo y Patch. Poco después, se hicieron arreglos para que la gente del vecindario fuera tratada a las instalaciones en situaciones de emergencia. Adam afirmó que no tenía conocimiento de los detalles y que no tenía acceso a las instalaciones de rehabilitación del lugar. No sabía que Cyclops había instalado jaulas ni que se mantenía a la gente en el sótano. Incluso negó que Combo o Patch tuvieran algo que ver con las operaciones diarias en las instalaciones. Sobre todo, insistió en que a sus colegas se les mantuvo completamente a ciegas.

Abe había recibido instrucciones de su abogado de no admitir nada y de no decir nada. La acusación tendría que demostrar que había visitado el centro antes de la noche en que fue detenido. Los únicos que podían testificar que estuvo allí eran Adam, Patch y Combo. Si ninguno de ellos hablaba en su contra, el jurado no tendría más remedio que absolverlo. Los abogados se dieron cuenta de que la carrera médica de Adam había terminado, que se había sacrificado para salvar a sus amigos. Sin embargo, si Patch o Combo se convertían en testigos del Estado, los cuatro podrían enfrentarse a la cadena perpetua. Los cargos de secuestro y de violencia agravada lo garantizaban.

Le llevaron desde su celda por un largo pasillo hasta una sala más grande. Cuando el guardia le hizo pasar al interior, se sorprendió al encontrarse ante Adam, Isaac y Noah.

"Adam". Abe parecía afectado, aunque su expresión cambió lentamente a una de furia. "Adam, hijo de puta. ¿Qué nos has hecho?"

"Bien, chicos, escúchenme con atención". Adam se alejó de ellos en la sala de tamaño medio. "No nos queda mucho tiempo. Tengo que contarles lo que ha pasado ahí dentro".

"Por favor, Adam", exigió Isaac, lleno de justa indignación. "Por favor, cuéntanos qué ha pasado".

"En primer lugar, quiero que sepan que estoy asumiendo toda la responsabilidad. Envié un mensaje a Patch y a Combo. Juro que ni ellos ni ustedes tuvieron nada que ver con nada. Fuimos Cyclops y yo. Saben que, si testifican contra nosotros, los implicaré y caerán conmigo. Una vez que todos los demás salgan, es entre Cyclops y yo".

"Adam", Abe apretó los dientes con rabia. "¿Quién es Cyclops?"

"No hay ningún Cyclops", Adam bajó los ojos. "Fui yo".

"*¿Qué?*"

"Había un científico chino en Nankín llamado Hun Wen-ting. El gobierno invirtió mil millones de dólares en su proyecto de robótica, pero se estaba encontrando con grandes obstáculos en sus pruebas beta. Con todas las violaciones de los derechos humanos en China que estaban siendo investigadas por las Naciones Unidas, no podían soportar más presión sobre los experimentos científicos. La parte del intercambio de prototipos por datos de investigación era cierta, ese era el acuerdo. No puedo decir cómo se introdujeron los sujetos en el laboratorio porque la fiscalía podría tergiversarlo para implicarlos. Todo lo que puedo decir es que lo siento, y que algún día tal vez la humanidad se beneficie de las cosas que pudimos lograr".

"Tú destrozaste a esas mujeres y dejaste lisiados a esos famosos de por vida". Isaac no podía creer que esta conversación estuviera teniendo lugar. "Y me estás diciendo que *no hay ningún* Cyclops".

"Adam, nunca has faltado a un turno en Bellevue, ¡ni uno!" Noah estaba fuera de sí, preocupado por su mejor amigo. "¡No puedes decirme que secuestraste a todas esas personas y las llevaste a ese laboratorio tú solo! Alguien te trajo a esas víctimas, admítelo".

"No puedo". Adam negó con la cabeza. "Si diera su nombre a la policía, mandaría matar a los tres por venganza. La fiscalía lo verá igual que tú, sabrán que no pude hacerlo solo. Desafortunadamente, tendré que protegerlo de la misma manera que los protejo a ustedes. Oye, tal vez sí hubo un Cyclops después de todo. Solo que él hizo todo menos operar".

"Bien, chicos, los vamos a llevar a la sala de duchas. Tienen quince minutos", dijo un guardia al entrar en la sala. "Tienen una muda de calcetines y ropa interior. La siguiente parada es el juzgado de la calle Centre. La Fiscalía quiere garantizar su seguridad antes de que comience el juicio. Los mantendrán en sus instalaciones hasta después de la comparecencia".

"¿Cómo que una ducha?" consiguió preguntar Abe, con la boca extrañamente seca.

"No tienen duchas en el juzgado. ¿Quieres llevar el olor de este lugar a tu comparecencia?"

"Prefiero saltarme la ducha".

"Entonces no abras el agua. Vamos, chicos, movámonos".

~

"Lo hemos pasado muy bien". Maureen Jackson abrazó a los Rampersad mientras se preparaban para partir justo antes de la medianoche. "Vamos a planear ese viaje a Coney Island; las niñas van a estar muy emocionadas".

"Sé que David se morirá de ganas por conocerlos a todos también", coincidió Ángela. "Vale, compañeros, prepárenlo y allí estaremos".

"No sé cuándo vamos a tener tiempo libre mientras Coney Island siga abierto", se encogió Tommy. "Tuvimos mucha suerte esta noche con todo cerrado por el Día del Trabajo".

"No estoy deseando que llegue el martes, te lo aseguro", frunció el ceño Orrin. "Espera a que el fiscal nos diga lo que piensa de que no tengamos nada en la investigación".

"Ahora, dijiste que no iban a hablar de trabajo esta noche", regañó Angela.

"Ah, no te preocupes, ya nos íbamos", sonrió Tommy.

"Sé que han hecho todo lo posible, y no pueden pedir más que eso", les aseguró Maureen. "Eso es lo máximo que se puede pedir a alguien".

"La gente quiere que se haga justicia, especialmente en un caso como éste", dijo Tommy con resignación. "Al final del día, solo espero que atrapen a estos tipos. Si no lo hacen, solo espero que no sea por algo de lo que se nos haya escapado".

"No va a suceder". Maureen se aferró a su brazo. "Es hora de soltar y confiar en Dios".

"Se hará justicia", aceptó Angela. "Estoy segura de ello".

Llevaron a los médicos a la sala de duchas y, una vez más, Abe tuvo esa sensación de carcoma en las tripas.

Recordó las historias y todos los documentales sobre las duchas del Holocausto. Llevaban a las víctimas a los campos de concentración y les decían que se desvistieran, metiéndolas en habitaciones donde se liberaba gas venenoso. Aquí estaban él y sus amigos, aislados en las entrañas de este centro de detención y siendo obligados a desnudarse en una sala de duchas desierta. A menudo se preguntaba por qué las víctimas del Holocausto nunca se defendían, se negaban a cooperar, iban tranquilamente a la muerte. Ahora empezaba a entenderlo. Ahora lo sabía.

"Cinco minutos". El guardia cerró la puerta metálica tras de sí.

Estaban todos desnudos, con barras de jabón y toallas. Se acercaron a las duchas, de alguna manera llenos de temor mientras se miraban sin palabras. El miedo era contagioso, pero ninguno de ellos era capaz de identificarlo, aunque estaba ahí de todos modos. Algo estaba mal, algo muy, muy mal. Era demasiado tarde para luchar. No deberían haber salido nunca de sus celdas, debieron haber pateado y gritado durante todo el camino por los pasillos, haber rechazado las duchas, haberse unido y peleado cuando los metieron en la sala juntos.

Ahora, ellos sabían lo que les pasó a los judíos de Europa. Cuando se dieron cuenta de que era el momento de luchar, era demasiado tarde.

De repente, oyeron cómo se abría la puerta metálica. Fue Adam el primero en reconocer el sonido, el zumbido de los pequeños motores, el repiqueteo de la bota metálica.

Observaron atónitos como primero Combo, y luego Jerome Browne, entraban por la puerta antes de que se cerrara tras ellos. Estaban completamente vestidos y Jerome tenía un brillo asesino en los ojos.

"Buenas noches, caballeros". Sonrió con malicia Browne. "Es la hora de la paliza".

Querido lector,

Esperamos que hayas disfrutado leyendo *Trasplante*. Tómese un momento para dejar una reseña, incluso si es breve. Tu opinión es importante para nosotros.

Atentamente,

John Reinhard Dizon y el equipo de Next Chapter

Trasplante
ISBN: 978-4-82410-693-3
Edición de Letra Grande

Publicado por
Next Chapter
1-60-20 Minami-Otsuka
170-0005 Toshima-Ku, Tokyo
+818035793528

20 septiembre 2021